U0862455

序

2007年5月，我离开山西到厦门大学教书，高波兄是我到厦门大学后最早接触的同事。他先任我们中文系的副主任，同时和我在一个教研室。现在大学里同事间的来往本已极少，大家各忙各的事，一般是上完课即回家，平时的学术交流也很少，但我和高波兄之间却时相过从，在两年的同事期间，应该说是接触最多的。他离开厦大后，我们依然保持了友谊，每个假期他回厦门，我们总要见面，我把他视为老朋友。

高波兄的主业是中国当代诗歌研究，他曾写过研究海子的专书，在这个研究领域，他是比较早系统研究海子的，后来海子成为中国当代诗歌研究的热点后，他的学术方向有所转移，但他对当代诗歌的关注始终如一。他的另一个学术兴奋点是"样板戏"研究，他的博士论文就是专门研究这个问题的，前两年在云南出版，我曾仔细读过，是一本非常用力的学术研究著作。

我和高波兄的学术兴趣完全不同，他对于我研究中国现代知识分子也很关注，但他对我的学术观点却不以为然。我刚到厦门大学时，曾在他的办公室与他争论过，他认为我对中国现代知识分子的评价过高，多有美化之处，我虽有所辩解，但恐怕也很难说服他。然而我对他的坦诚和热情非常认同，虽然我们在具体的学术问题上有分歧，但在衡人判事方面却没有不同。他在厦门大学中文系任内对许多事情的判断，特别是对教师处境的理解和处理，我都非常赞成，因为他能将心比心，换位思考，他懂得人情。

高波兄长我一岁，他的成长道路和我也大体相同，但我们对中国当代历史的判断却有很大差异。我们也曾试图就一些学术问题进行讨论，比如关于文革文学作品何以没有爱情？典型如《红色娘子军》，高波兄的看法是，难道文学作品绝对必须写爱情吗？我想他给出的标准不一定能说服我，但不无启发，可惜他后来离开了厦大，我们交流学术的机会就少了。

高波兄是一个具有浪漫气质的人。他离开厦大后，周宁兄有一次和我说，高兄离开真是可惜，不是少了一个教授，而是少了一个有趣的人，一个好玩的人。我也深有同感，因为虽然相处时间不算长，但有高波兄在的时候，无论什么活动，总有气氛，总有快乐的笑声。我至今还在想，高波兄主动选择离开厦门大学到新疆大学教书，真是天底下最浪漫的事了，我们不能用一般世俗的标准来判断他的选择，来观察他的得失，我还是愿意从一个人的浪漫情怀和理想主义的角度理解高波兄，人生有这样的勇气并将此勇气付诸真实的人生，高波兄的境界，真是我们所难以企及的。当我看了他这本《行走历史河山》后，我对高波兄的追求才有了一点真正的理解。

这是一本游记，但又不是一般的游记，因为他所到之处，都有他自己真实的情感和人生体验，他对西藏、对新疆、对祖国大西北的热爱和发自内心的情感，可能才是他后来选择离开东南而向西北前行的原动力，他的梦想得以实现，他的情感也就有了真实的落脚点。这本以游记体裁出现的散文集，不是一般游客的走马观花，而是一个游子思乡的絮语，文章不但充满诗意，又有历史知识和人文观察。更为难得的是，高波兄的文章中体现的真感情，正应了王国维《人间词话》中的说法："词以境界为最上，有境界自成高格，自有佳句。"高波兄的这本散文集，确实是"写真景物、真感情"的，谓之有境界，当不是过誉之词，而是我的真实阅读感受。

谢　泳

2011 年 2 月 28 日于厦门大学人文学院

目　录

看见史诗：泸定桥、红军坟、红军柳

浪迹乌鲁木齐，走出诗歌中的新疆

“滇缅公路”：曲折延伸的历史弯道

把晴隆“二十四道拐”当作“滇缅公路”上的一段，把美军记者拍摄的这张“二十四道拐”的照片当作“滇缅公路”的标志性照片，这一“历史的谬误”并没有“半个多世纪”，而是只有十来年。

一、“滇缅公路”与“二十四道拐”

2009年7月10日下午5点，我终于来到了著名的抗战公路“二十四道拐”。这“二十四道拐”，就在贵州省晴隆县县城外大约两公里的地方。

这段有着二十四个拐弯的盘山公路，一直被人们认为是“滇缅公路”的一段；一张美军记者拍摄的这段公路照片，一直被人们当作“滇缅公路”的标志性照片。在这幅经典的黑白照片中，“二十四道拐”的盘山公路蜿蜒而上，公路上奔忙着许多运送抗战物资的美国大卡车。

八年前，2001年夏天，我骑着自行车穿行“滇缅公路”，一路上，曾经很用心地寻找过这段“二十四道拐”的盘山公路。

七年前，2002年，我在报上看到相关报道，知道了这段公路不在“滇缅公路”上，也知道了这段令人震撼的盘山公路，就在贵州省晴隆县的县城边。

要在对面的山头上，也就是当年那个美军记者拍摄照片的地方，才能够很好地看到这段公路的全景。在那里，你一眼就可以确认，这段“二十四道拐”，就是那张一直被人们当作“滇缅公路”标志性照片中所拍摄的盘山公路。

在这段公路的路边，反而难以看到全景。我站在“第23拐”的地方，只能看到公路是从山下盘旋上来的。弯道间的山地，现在种满了绿油油的玉米，玉米快成熟了，一个个玉米苞上顶着红红的缨子。

“第23拐”和我的“战旗”吉普

我在“第23拐”的地方拍照留念。更主要的，是为我的“战旗”吉普拍照留念。“战旗”吉普的车身设计，还延续着“二战”时美军吉普“威利斯”的血脉。我的“战旗”吉普，还被我特意漆成了哑光黑色，它长途跋涉，风尘仆仆。这样一辆吉普，在这样一条美军运输队曾经奔忙过的公路上，看起来真是太匹配了。

这段公路没有铺柏油，保持着当年的样子。在每一个拐弯处，都立着一块石碑，标明“二十四道拐第 1 拐”、“二十四道拐第 2 拐”，一直到“二十四道拐第 24 拐”。在“第 1 拐”，也就是进入这段公路的入口处，立着两块更大的石碑，一块写着：

晴隆县文物保护单位
二十四道拐
晴隆县人民政府
一九八八年六月二日公布

另一块写着：

全国重点文物保护单位
“二十四道拐”抗战公路
国务院二零零六年五月二十五日公布
晴隆县人民政府立

现今的“二十四道拐”入口处

这是我的一个心结，我想实地看看这段公路。

二、怒江之“怒”不是流于表面的

——1——

2001年7月14日，我从昆明出发，骑着一辆上海产的“永久”牌自行车，沿着当年的“滇缅公路”，骑了八天，7月21日，来到了怒江边。

“滇缅公路”是抗战时修通的由昆明到缅甸腊戍的战时公

路，现在已经成为“320国道”，也就是由上海到瑞丽国道的一段。“滇缅公路”沿线的抗战历史，正受到人们越来越多的关注。那张美军记者拍摄的“二十四道拐”的照片，给人极大的视觉冲击和心灵震撼。那时人们都认为，这段“二十四道拐”的盘山公路，就在“滇缅公路”上，都把这张照片看成“滇缅公路”的标志性照片。我那时也以为，这段“二十四道拐”的公路，应该就在落差很大的怒江河谷，很可能就在怒江上的惠通桥边。

怒江在这里没有想象中的那种咆哮奔腾，江面却比想象中的要宽。在江边细看，发现江水貌似平静，其实十分湍急，水面上有水沫和树枝迅速掠过。令人惊异的是，这湍急的怒江竟是静默的，江中没有激起水流咆哮的礁石和浅滩，滚滚江水，就这样沉默地、带着不可抗拒的巨大力量在群山间一掠而过……

由此，你会更好地理解，为什么这条河要叫做“怒江”。当年日本人经缅甸由南路向中国进犯时，就是在怒江面前无可奈何地中止了他们的攻势。

怒江之“怒”，不是流于表面的。

– –2– –

从山顶下到江边的公路很险峻，路两边的风景也很奇特。

公路顺着峡谷一直延伸，可以俯瞰山下的怒江蜿蜒而去。高高的山峰，有云雾缭绕着。好多地方，路边就是万丈深渊。

山脚下的怒江河谷，像画一样，成熟期不一样的庄稼，绿一块黄一块的，白墙黑瓦的村落，点缀在江边。

天下起雨来。本来坡就又长又陡，再下了雨，柏油路面直有刹不住车的感觉，要是滑出路面去，那就什么都没了。往下走的汽车，也是刹车声吱吱地叫着慢慢朝下走。那时我也想过，这路比较危险，是不是坐车走过这一段再说。再一想，这些过往的客车，都是个体承包的，谁知道他们的车况如何，是不是时常检修啊？坐进车里，命运就掌握在别人的手上了，自己骑下去，虽然危险，可毕竟是自己在掌握自己的命运。再说，骑车万一滑落出去，还可能被山崖上的灌木挂住，要是汽车滑出去，就一定滚到谷底了，不要说人，车能不能找着都成问题。

在雨中小心翼翼地往下滑行。穿着雨衣，又是近视眼，眼镜上挂满水珠，视线不是太好，又在这样的路上，哪里还敢骑快，比走路也快不了多少，捏刹车把手都捏麻了。

热带、亚热带河谷的雨就是这样，有一阵没一阵，就在下这段约 15 公里的峡谷险路时，雨下了又停，停了又下，有时还有太阳。有太阳时，我就抓紧时机拍照。

下到谷底时，明显地感到气候变了，湿热得不行。前两天路过大理时，那里的水稻才刚刚抽穗，而这里种的是双季稻，早稻已经收割，晚稻也快成熟了，所以在山上看起来才绿一块黄一块的。这样的河谷地区，让人见识到什么是立体农业。除了水稻外，河谷里处处是木瓜树和攀枝花树，路边的地里，种着大片大片的甘蔗，还有胡椒、芒果、龙眼、香蕉，以及一种绿色的、像美式手雷一样的东西，我曾在超市见过，叫番荔枝。山坡上，有一丛丛的剑麻，这些都是热带作物。路边人家的院子里，有绽开了的石榴。再往上的坡地里，就是在高寒山区也能生长的绿油油的玉米了。

我注意看了，这一路下来的公路虽然险峻，但没有和那张“二十四道拐”的照片相像的地段。

公路下到怒江边后还要盘上高黎贡山，难道这“二十四道拐”的盘山公路，在怒江河谷的那一边？

――3――

下午四点半，到了怒江边的一座大桥，这显然不是我所要寻找的惠通桥，当年横跨怒江的惠通桥，是“滇缅公路”的咽喉。

眼前的桥是一座新建的钢筋水泥的大桥。桥中央高高地耸立着两根桥桅，上面斜拉着好多钢缆。连接两根桥桅的横梁上，有“怒江大桥”四个字。桥的西岸驻扎着武警部队，一些要过桥的卡车和客车，被拦下来检查。

怒江西岸地区，是南亚“金三角”地区毒品流入中国的主要通道，怒江，也就成了阻隔毒品进入中国的第一道天然屏障。沿江设置的众多边防检查站，每年都要破获不少轰动全国的毒品大案要案。

进入怒江以西地区，需要办理边境通行证。我在昆明时就已经办好，听说也可以在桥边的检查站临时办理。过桥时，一些值勤的武警正在检查几辆卡车和客车，看见我骑车从桥上过来，并没有查验我的边境通行证。

桥西头的这个小村子似乎叫曼海，过桥时我隐约看见一块牌子上写着“曼海边防检查站”。路边有几家私人开的小旅馆，但我觉得还是住“公家”的比较安全，就进了路边一家国营糖厂的招待所。50 元一间，交了钱后什么单据都没有，看来也是承包给私人了。房间的床单还算干净，有风扇，只是卫生间很糟糕，洁具上处处是暗黄色的水垢，抽水马桶也坏了，从脸盆上的水龙头处接了根橡皮管在里面。50 元，贵了。

我问招待所的服务员，惠通桥在哪里？她说，惠通桥么，你过不着了。

原来现在的 320 国道已经不再经过惠通桥，要想过惠通桥的话，得走“老公路”，也就是要在离这里 40 来公里的江东岸的山顶上，一个叫做“大官市”的岔路口往左走。惠通桥大概还在离这座怒江大桥 20 多公里的江的下游，“老公路”在那里过江后，盘山而上再到龙陵。

真遗憾，路走错了。

1938 年“滇缅公路”正式通车后不久，西南联大的曾昭抡教授，曾用一个寒假的时间，做过“滇缅公路”沿线的观光考察，写成了《缅边日记》一书，在 1941 年作为巴金主编的“文化生活丛刊”中的一种出版。我一直猜想，被人们看作“滇缅公路”标志性照片中的那段“二十四道拐”，很可能就在惠通桥两边的怒江峡谷。在《缅边日记》中，曾昭抡先生对惠通桥及其两边的路况作过相关描述，曾先生的描述让人印象深刻：

这一段下山路，异常地陡。可是因为山很高，一共走了 27

公里，方才下到怒江边的"惠通桥"，这段下坡路的陡而长，在滇缅全路上，恐怕要算"首屈一指"。

又说：

横跨怒江上的惠通桥（距昆明759.5公里），海拔只有849米，比起刚才所下的戈家山，相差几乎有1400米之多。坐车疾驰下来，高度陡变，寒暑顿易。因为高度的陡变，耳鼓感觉，有一点坐飞机下降的风味。拿气候来说，山顶相当地凉，到怒江却是热不可耐，不得不把身上所穿较厚的衣服，一起剥下来，只剩一件衬衫。

现在，路走错了。这样就无法亲临惠通桥，也难以验证，那段"二十四道拐"的盘山公路，究竟是不是在惠通桥两边的怒江峡谷中。

可骑车这么辛苦，如果要倒回去再骑上百来公里的山路，确实是力不从心啊！

－ －4－ －

"滇缅公路"东起昆明，西出畹町进入缅甸，途经楚雄、大理、保山、德宏等彝族、白族、傣族、景颇族诸多少数民族聚居区，穿越澜沧江河谷、怒江河谷和滇西横断山脉的云岭、怒山和高黎贡山，在中国境内全长959.2公里。

澜沧江边的“滇缅公路”

1938年，“滇缅公路”全线贯通，在8月31日举行了简单的通车仪式后，就立即投入使用。“滇缅公路”由畹町进入缅甸后再过193.3公里，与缅甸东北铁路终点腊戍相连。在日军占领了中国东南沿海，从新疆乌鲁木齐进入中国内地的国际通道又遥远不畅时，“滇缅公路”一度成为战时中国获取抗战物资最可靠的国际通道，当时被人们称作中国抗战的“输血管”。

1942年1月，占领泰国的日军攻入英属缅甸，直逼滇西，其主要意图之一，就是要切断“滇缅公路”这一中国抗战的“输血管”。

3月，为保卫西南后方和“滇缅公路”国际通道的安全，中国远征军10万将士出国入缅抗日，但还不到两个多月的时间，中国远征军就大败而回。日军沿“滇缅公路”一直推进至怒江的惠通桥边，占领了怒江以西的大片国土，中国军队及时炸断了惠通桥，与侵入滇西的日军隔怒江对峙。

10万中国远征军，除4万余人辗转回到祖国，还有孙立人所部约3000人撤至印度外，其他都化作南亚热带雨林中的白骨了。以第5军为例，出国时总人数42000人，战斗伤亡7300人，撤退时伤亡人数竟达14700人，回国时只剩20000人，伤亡过半。一路上的苦难和惨状是难以想象的，许多部队因迷路整排整连地病死饿死在缅甸的野人山原始森林中。两年后，中国军队反击日军再入野人山时，曾经在丛林中看到好多锈蚀了的枪支静静地架放在那里，将士们则已经尸骨难收了。

率远征军入缅作战的杜聿明将军在回忆录中这样记述这一“沿途尸骨遍野，惨绝人寰”的溃退情况：

原始森林内潮湿特甚，蚂蟥、蚊虫以及千奇百怪之小虫到处皆是。蚂蟥叮咬，破伤风病随之而来，疟疾、回归热及其他传染病也大为流行。一个发高热的人一经昏迷不醒，加上蚂蟥吸血，蚂蚁侵扰，大雨冲洗，数小时内就变为白骨。

也就是在这条中国远征军大溃退的“滇缅公路”上，1944年5月至1945年1月，再度组建的20万中国远征军强渡怒江，向盘踞在滇西和缅甸的数万日军发起全面反攻。在怒江边的松山，在“滇缅公路”旁的腾冲，创造了全歼入侵日军的战绩。死守松山的日军有“一夫当关，万夫莫开”的地势，困在腾冲的日军有巨石垒就的百年城墙，两地战况异常惨烈。松山攻坚战，全歼日军1280人，中国远征军伤亡7600人，敌我的伤亡比是1：5.94；腾冲围歼战，全歼日军3075人，中国远征军伤亡18236人，敌我的伤亡比是1：5.93。

“滇缅公路”上，有许多可歌可泣的抗战故事。

在怒江边的招待所里，我翻看随身携带的有关“滇缅公路”的图文资料。骑着自行车走“滇缅公路”，就是想实地仔细看看这些有过惊心动魄故事的河山，看看当年留在照片上的山川，现在又是个什么样子。

中午在路边的小吃店吃午饭时，老板娘说，从这里一路下坡 20 多公里，就到怒江边了。还说你要住嘛，就住在山上，住在江边嘛，热。可那时才中午一点，不到歇息的时候，我就骑着车一路下来了。老板娘说的是对的，江边热得让人难以入睡。

汹涌的怒江就在身边，静夜里，也听不到怒江的涛声。今夜没有月光，只能依稀看见怒江大桥和对岸山峰的轮廓。公路上不时有汽车亮着大灯开过，招来几声狗叫，静下去后，隐隐约约还能听到从哪里传来的电视节目声……

怒江在滇西高原上的群山峡谷间静默地流过，怒江真的很神秘。

– –5 – –

第二天的行程是翻过怒江西岸的高黎贡山。在桥边的小餐馆吃饭时，我问过两个过路的卡车司机，他们说，从江边到山顶，对我来说是上坡，这段高黎贡山的盘山公路，一共 40 公里。

起初我还想，人都有夸张的习性，怎么可能会有 40 公里的长坡呢？骑着自行车一路过来，“滇缅公路”上的大坡我都见识过了，羊老哨坡8公里，红岩坡15公里，天子庙坡如果两段加起来算，稍长一点，18公里。下关出来的那个长坡和澜沧江边的那个大坡，虽然没有仔细计算，但估计也就20公里左右。我想两位卡车司机所说的40公里，应该是上坡和下坡加起来算的吧，翻山越岭的山区公路不都是这样，有上坡，也就有下坡。怎么可能40公里一直是上坡呢？

后来才知道，那两位卡车司机并没有夸张。

公路从怒江边“之”字形地盘上高黎贡山，坡度不是太大，硬要骑着自行车走，也是可以走一段的，只是这样骑车，比走路更费力，也快不了多少。后来，我就干脆下来推着自行车走了。这样走虽然慢点儿，但不费力。

我也注意看了，为了减缓坡度，这段盘山而上的公路每一个弯道间的公路距离都很长，有一两公里，不像那张被认为是“滇缅公路”的标志性照片中，每个弯道间的公路只有几百米。这里从怒江边到高黎贡山山顶的盘山公路可能还不止二十四道拐，但显然不是照片中的那段公路，这么说，照片中的那段公路，也不在怒江西岸的这一段。

推着自行车沿着公路慢慢地往上爬，我不时地往怒江的下游张望。糖厂招待所的服务员说，惠通桥离这里也就二十多公里。我希望能在这里的山梁上，看到惠通桥，要是能看到，或许也就可以远远地看一看，惠通桥那里两边山峡中的公路，会不会有“二十四道拐”那一段？

暗红色的怒江在山谷间蜿蜒而去，在这里看不到惠通桥。

——6——

惠通桥是“滇缅公路”上最著名的桥梁，这座桥在1935年时由一位叫梁金山的爱国华侨集资兴建，是当时怒江上唯一的桥梁。1938年修建的“滇缅公路”，也通过惠通桥过怒江。当然，惠通桥也按现代桥梁的标准相应地做了扩建。曾昭抡的《缅边日记》中，就对当时“滇缅公路”上的惠通桥做了记述：

惠通桥也是一座落成不久的新式钢索桥，和功果桥一样，但是比那桥还要伟大。桥的两端，各用十八根钢绳（一边九根）吊起。桥的两端，也各有卫兵荷枪守卫。

惠通桥是“滇缅公路”的咽喉。1942年日军进攻云南时，沿“滇缅公路”快速推进到惠通桥边，桥被中国守军及时炸断后，日军的攻势才不得不停下来。日军由缅甸向中国西南部的进攻，到惠通桥止。

关于炸毁惠通桥的情况，保山市政协提供的一份“目睹记”中说：

到松山时，看见本场前四天发出的车子，被堵在松山、固东之间的要隘处，进退不得。

在此紧急时刻，在公路转弯处，有一辆汽车的司机，将车停在路上，人在车里睡觉，把路堵住，使后面不知有多少车子不能前进。这时来了一位第5军的骑兵营长从前线下来遇上，即质问那个司机：“为什么不开车?”司机答：“车子坏了”。问：“为什么不下车修理，还在车上打瞌睡?”答：“等到明天才修。”骑兵营长非常恼火，说：“现在是什么时候了?”拔出手枪将那司机打死，把车子推到路边，让其他车辆通行。我们仍然步行到了腊猛。

5月5日，天刚亮，我们爬上一辆车子，一行到了惠通桥边。当时车子过桥是一辆一辆的过，行动比较缓慢。大约在上午九点，敌军在其飞机掩护下，占领腊猛，发炮将东岸老路田的车子打翻，车燃烧起来，把路堵住，惠通桥两边的公私车辆，停满在路上。同时又有汉奸车子在我们前面的路上横着，车上挂起了白色垫单，司机手持小枪，威吓群众：“不准跑，不准跑，这是我们中国飞机，不要怕!”后面的人发现他是汉奸，即同声大呼：“捉汉奸!”这个汉奸司机才溜走了。

我们一家只好跳下车子，步上惠通桥。即见炸桥的两个中国兵，一个将炸药摆在桥板上，摇动手摇发电机，另一个正在进行接线操作，有一个站在桥板上的兵，看见我们全家七人，已经上桥四五米，赶忙上前一步把接线兵的后领一把揪住，向后拖倒仰卧桥上，一面招呼我们：“快跑!”在我们刚离开桥四五步时，轰隆一声，整座惠通桥沉入江中，只剩悬空的几根钢索。从我的记忆中，时间是5月5日的上午九十点钟。

现在“滇缅公路”沿线的抗战史，不仅是中国抗战史研究的一个热点，也是许多文艺作品创作所围绕的一个重要题材。炸断惠通桥这一段，更是诸多相关文艺作品中认为“有戏”而特别展开强化的地方，像《中国远征军》、《我的团长我的团》、《滇西 1944》等影视作品，都重点渲染了炸桥这件事的危急和惊险，当然，其中也就有更多艺术想象的加工了。

三、松山攻坚战和腾冲围歼战：历史和现实的穿越

——1——

惠通桥和松山，是我这次骑自行车走“滇缅公路”重点要看的地方。我以为那张“滇缅公路”标志性照片中所拍摄的“二十四道拐”的盘山公路，就在惠通桥边的怒江峡谷；我还知道，在怒江边的松山，中国军队为歼灭负隅顽抗的日军，有过可歌可泣的攻坚战。

由于公路改道，纳入了原“滇缅公路”的 320 国道已经不再经过惠通桥，我没有在大官市这个地方拐到原来的“滇缅公路”上，沿现在的 320 国道一直来到怒江边，这下我也就不能再经过惠通桥，经过松山了。

怒江在山谷间蜿蜒远去，看不到惠通桥。惠通桥在这里的下游，这么说，从这里看去位于南面，在江的西岸的这座高山，就是著名的松山了。

现在我只能推着自行车，沿着盘山公路慢慢往上走，遥望松山。

怒江边的松山是高黎贡山的主脉，“高山夹箐，地险路狭，马不能并行”，这是旧志上对松山的描述。险峻的松山峰顶高出怒江水面950米。1942年5月日军占领松山后，即以一个工兵连并强征当地劳工来修筑防御工事，经过两年的经营，建立了坚固的防御工事体系。

当时占据松山的为日军第56师团第113联队，配有战车、山炮、工兵、医院，甚至随带军妓，是一个可独立作战的加强联队。1944年中国军队反攻时，日军曾扬言，不付出伤亡10万人的代价，中国军队是过不了松山的。

松山上公路边的“松山大战”纪念碑，朴实而苍凉

松山战役是一场惨烈的战役。

日军据险固守，中国军队在美军飞机和重炮的辅助下，使用当时最先进的武器——火焰喷射器强攻，寸土必争，反复绞杀，尸横遍野。为了攻下松山主峰，中国军队从8月11日至19

日，在日军主峰阵地下挖了一条坑道，填入炸药 70 箱（6 吨 TNT）。据当事人回忆：

8 月 20 日，拂晓后，攻击子高地部队开始攻击，9 时军长下令起爆，轰隆一声，突见黑烟百丈，高耸云霄，松山子高地整个山顶被炸翻，爆成两个 30～40 米直径、深 15 米之漏斗孔，约 75 名日守军，仅有 4 名奄奄一息，其余全部炸毙。我进攻各部队乘机而上，占领了松山顶峰。

接下来的战场清理也是艰难而残酷的：

（8 月 30 日）13 时 15 分开始攻击，激战 2 小时后，将寅高地棱线以东完全占领，残敌仍据守已被炮火破坏之堡垒，顽抗不退，经用火焰喷射器喷射，尽焚毁之。17 时，我进展至棱线西侧，约有 80 余敌兵向黄家水井溃退，为我第 307 团火力截击，伤毙不下 30 余人。寅高地南端顶点西侧，有敌火力掩蔽部三座，黄昏时为我寻获封锁。入夜后以火焰喷射器焚烧一座，工兵炸毁一座，为步兵以土囊封闭一座……

在这样的战斗中，许多被歼灭的日军自然是尸骨难收了。

至今，60 多年已经过去，据说现在常有当年日军的家属及后人到松山来，带着在日本做好的招魂幡，为那些被弃尸在异国他乡山野里的日军招魂。

上述资料的作者陈一匡先生，松山战役时任第 8 军第 103 师第 307 团中校副团长。在他所述的亲历事件中，有一件事让我感慨万千：

不料黄家水井附近深草中，隐伏敌一兵一枪，我少数士兵通过，即被射杀，数日间被射杀20余人。

在异国他乡的荒野中，这个明知大势已去，却孤单地做着绝望而疯狂顽抗的日军，在最后的时日里，都在想些什么呢？

－ －2－ －

在这长长的盘山公路上，路边不时有卖水果的地摊，和在怒江大桥两边看到的水果摊不同，那里什么水果都有，而这里的水果摊只有两样东西——芒果和石榴，都长得特别好。

一路上我从不买水果吃。一是吃时得坐下来，耽搁行程；二来水果吃了也不解渴，长途骑车的大运动量，弄得人只想喝水。

在自行车前面的篮子里，我带着两瓶矿泉水，带多了嫌重。总要保证有一瓶是满的，喝完一瓶，就要留心看路边有没有卖矿泉水的小卖部，有了，买到了水补充上，才开另一瓶喝。

卖水果的妇女和小孩热情地向我吆喝，见我不买，又问，要去哪儿呢？

今天想到潞西。

潞西么天黑去不到喽，上坡嗦，最多到龙陵。

马上又有别的妇女说，也去得到呢，到龙陵么就下坡了嗦。

走着看吧。我继续推行。歇一会儿都不敢。越歇越想歇，歇多了就走不动了。宁肯走慢点儿，但不能停。

一路推行的时候，总是不停地研究前面的山势。看着公路从两三公里外的地方盘过目光所及的最远的山顶，我就想，从这个山势看，过去后就该下坡了吧？可等到我好不容易把车推到那里，又会看见在两三公里之外，公路又盘过一个更高的山顶。明知到了那个山顶还会有更高的山顶在前面，山外有山嘛，可总是心存侥幸，觉得这个山势和前一个不同，到了那里，一定是下坡了。可等爬到了那里，还是失望，又有更高的山顶在前面，公路一道道地弯着，从那里盘过去。

又看地图又问路人，对这道坡会有多长，到潞西或龙陵还有多远，心里早有底了。可大概是一路推行实在太辛苦了吧，只要见到了路人，总禁不住又要问人家，老乡，这坡还有多远才到头啊？到潞西龙陵还有多远啊？也许是这样问问可以在心理上缓解点儿劳累吧。

还远呢！天黑（前）怕去不到。

么咋不断车坐？

断车坐嘛！

云南人说的“断车坐”，发音为“短车坐”，“断（短）”就是拦下来的意思，“断车坐”就是把车拦下来搭便车。可我想，都辛苦到这里了，要是再“断车坐”，那还有什么意思。

就这么推着自行车在盘山公路上慢慢地走。高黎贡山长长的大坡，头顶火辣辣的太阳，怒江河谷的湿热天气，累啊。

--3--

1937 年 11 月，迁至重庆的国民政府行政院正式下令：由中央拨款 200 万元，限期一年内修通云南昆明至缅甸腊戍的"滇缅公路"，作为中国战场接受外援的战略通道。当时，从昆明到大理（下关）段，原来已经有了可通车的公路，要做的工作只是新加整扩；从大理下关出发经保山、潞西、畹町到缅甸腊戍的这一段，才是新设计施工的。

当时负责筑路的云南省主席龙云，以"鸡毛信＋手铐"的公文形式，向沿途的县长发出了征召各族民夫修路的命令，警告沿途各县县长，如果不能如期完工，就要受到严厉惩处。

"滇缅公路"的修建是边测量边施工，来自彝族、白族、傣族、苗族、傈僳族、景颇族、阿昌族、德昂族、回族、汉族等十个民族的 20 多万民工，自带口粮和工具，和从全国各地调来的工程技术人员一起，用锄头、十字镐、手锤、钻子、撬棍等原始工具，只用了九个月就修通了这条战略公路。

开工之初，英国使馆参赞曾到工地视察，对一年内修通此路表示怀疑。"滇缅公路"通车后，美国的罗斯福总统电令当时的驻华大使詹森取道刚通车的"滇缅公路"视察并回国报告，詹森回国后发表谈话："滇缅路工程浩大"，"可同巴拿马运河比美"，"中国政府能在短期内完成此艰巨工程……全赖沿途人民的吃苦耐劳精神，这种精神是全世界任何民族所不及的"。英国的《泰晤士报》也撰文说："只有中国才能在这样短的时间内做到。”

由于“滇缅公路”须穿越澜沧江、怒江、高黎贡山等湍急河流、崇山峻岭和瘴气肆虐地区，地质及生存条件恶劣，筑路的代价自然是十分巨大的。据当时保山县呈报：仅146公里的路段，在3个月间便死亡男工523人，女工218人。1939年3月，时为《大公报》记者的萧乾先生在实地采访后，曾经写下了在当时影响很大的《血肉筑成的滇缅路》一文，文中记述：“永昌（保山）以南路工死于瘴毒的数目很惊人，筑梅子箐石桥的腾越200石工，只有一半生还。”

在今天看来不可思议的是，当时的筑路民工不仅没有报酬，还要自带口粮和工具。一些亲历者回忆：“要由家里带米，没有米的则向别人借，日积月累，以致债台高筑需几年时间才能还清。实在借不到的，只好采野菜充饥或沿途乞讨。”

曾昭抡先生的《缅边日记》中，对此也有记述：

（遮放到畹町一带）由于人口稀少，本地征来的工人，根本不够用。现在也是公路局从外面雇工人来帮忙。他们分工合作的方法，是外来的工人，专管修路面；本地征来的工人，管运石头和打碎石头。关于工资问题，原来云南省政府规定的办法，是本省境内修路，一律采用义务工役的制度；不但不给工资，连伙食也要自己带。这次修滇缅公路，中央原来预备对所有的工人，一律发给工资。后来省政府方面，以为这事不但与过去的义务工役制度有所冲突，并且恐怕妨碍将来的征工修路，因此商得折中办法，凡由本地征来的义务工，一律照旧不给工资和伙食。雇来的一人，到另一处做工的（例如，由保山雇来工人，到遮放做工)，每人一日付给工资国币四角，伙食在内。

“滇缅公路”修通以后，据不完全统计，从1938年12月至1942年5月，通过“滇缅公路”运输了45万多吨援华物资。而在日军攻占缅甸、畹町，“滇缅公路”被截断后，中国战区立即丧失了90%的军需品和工业必需品。由此可见“滇缅公路”对中国抗战的重要性。

– –4– –

或许从下关出来前往保山的那一段公路，最能体现当年“滇缅公路”的风貌。

路从西洱河边的峡谷间蜿蜒而下，都是石块铺的路面，而石块也被来来往往的汽车磨得光滑了，叫“弹石路”，路面不宽，也就两辆卡车从容交会的样子。

这是一段长长的峡谷，路伴着峡谷间的河流而行，峡谷很深，上午的太阳，都照不到谷底的路上，只是把两边的山顶照得亮亮的，山顶上有一层层的梯田，树丛中露出白墙黑瓦、冒着炊烟的村落，硬是“白云生处有人家”的景致。

这段路是顺峡谷而下的一个长坡，大概有20公里，都是“弹石路”，虽然是下坡，在上面骑自行车可不轻松。

云南人把“弹石路”叫做“苞谷路”，真是形象。像玉米粒嵌在玉米棒子上一样，石块一排排地嵌在路面上。好多地方的“弹石路”，路边往往会有约50公分宽的泥土路肩，要是那样的话，自行车就在这边上走也挺顺当，可这里的“弹石路”石块却铺得很满，没有这泥土的路肩可行，只好骑在“弹石”路面上。在这样的路上骑自行车，真是比在烂泥路上还艰难，虽是下坡，速度也上不去，吭吭吭的，不一会儿就把我的手腕、牙齿和下巴都颠麻了。

这样的路面自行车也吃不消，走了 10 多公里，自行车脚踏板的螺丝就给颠松了，脚踏板掉了下来。

备胎和补胎工具等都带了，就是没带这么个小螺丝，连忙退回去一两百米找螺丝，可在这样的路面上，哪里找得到？只好踏着光轴又骑了几公里，确实很费力。

大概是这“弹石路”路面确实不好走，又是长长的坡道，想来一路上出毛病的汽车也不会少，所以路边不时地有修车店。遗憾的是，这些店都是修理大卡车的，没有这种自行车上的小螺丝。问了两三家，都不行。终于算是找到一家，那位修车的小伙子在工具箱里找啊找，总算找到一个相近的，又用工具给改动几下，装上了。这下骑起来，就轻松多了。

小伙子说不要钱。可人家帮了大忙，得有所表示。我看见屋里的小桌上放着一瓶喝了一半的啤酒，就拿出两元钱放在桌上说，喝瓶啤酒吧。小伙子光着上身，裤子油腻腻的。桌边坐着一位衣服很整洁的年轻女孩，是他女朋友吧？那半瓶啤酒上布满了水珠，是从冰箱里拿出来的？可在这峡谷里，周围也没看到村庄，哪儿来的电呢？

— —5— —

“弹石路”沿河而行，在河的对岸，是正在施工的大理至保山的高速公路，都快修好了，据说，明年的国庆节，也就是2002年的国庆节，就可以通车。看着河对岸那些平整宽阔的路面，在一处有桥的地方，在“弹石路”上被颠得受不了的我真想把车骑到那上面去，反正是到保山去的路嘛，大方向是一致的。后来又想，人家修路的肯定不让上，就是偷偷上去了，沿途的情况也看到了的，有的地段还没有修好，完全无法通行，河上也不是总有桥的，要是走不通想过来，恐怕就没有那么方便了。无奈，只好还是在“弹石路”上颠着走。

从昆明一路骑车过来，经过了无数村庄和路边小店，狗也见过无数，但在这段路上，那些又大又凶的狗，见到路人会扑着汪汪叫的，都是被拴着的，那些没拴起来的狗，我骑车路过时，它们常常是看都不看我一眼。这也说明，这一路上过往的人多，骑车的人也多，所以狗也见怪不怪了。

现在走的这一段就不同了。走着走着，正被“弹石路”颠得不行，耳边突然响起了汪汪声，一条大黑狗扑到了眼前。我头皮一下子都吓麻了，连忙大声呵斥，并跳下车来做弯腰捡石头状。云南人有所谓“狗怕弯腰”一说，然而那狗也就是犹豫了一下，依然距我一两米地叫着，做跃跃欲扑状，僵持间，陆陆续续，不知又从哪里跑过来两三只狗，围着我叫个不停。我用石块还击，狗跳开，慌乱间要打中也不容易，后来是路边小店有人出来帮着呵斥，并用一根树棍赶狗，这几条狗才悻悻地散开了。虽然没被咬到，可也把我吓着了。

在三四十里的路上，像这样被狗围着攻击了三四次。这也说明，这一路上骑车通过的人不多，所以狗要攻击我这样的不速之客。我在自行车前面的篮子里放了不少石头，有狗上来时就抄起来砸，有时我骑着车在前面跑，狗汪汪地叫着在后面追，抄起石块朝后砸去，狗避让一下，又接着追。毕竟在“弹石路”上骑不快，眼看着要被狗追上了，只好跳下车来甩起自行车赶狗，狗倒是赶开了，可有一次动作大了点儿，慌乱中脚踏板把我的小腿擦破好大一块皮。

被“弹石路”阻碍，又被路边恶狗袭扰，虽然是一路下坡，但中午一点钟在路边小店吃午饭时，算一算整整骑了五个小时，才走了40多公里。

– –6– –

从下关出来不时被恶狗袭扰的那段“弹石路”，怒江边高黎贡山的这个长坡，是这次骑车走“滇缅公路”最艰难的经历了。

差不多在距坡顶还有三分之一里程的地方，有一个岔路口，旁边有巨大的标语牌：“腾冲的火山热海欢迎您！”这就是新修的去腾冲的路了。昨天在从怒江东岸的山顶下到怒江边时，在大坡的中段，也看到一个岔路口，是往腾冲去的，但那是过去的老路，是“弹石路”。现在的这条却是很平整的柏油路，听说有 70 多公里。

腾冲被誉为“极边第一城”，是我国古代著名的南方丝绸之路要冲，早在明朝初年就筑有坚固的石头城池。现在，腾冲是一个新的旅游热点，如标语牌所说，它有奇特的活火山群及因此而形成的天然温泉。在腾冲的近郊，有一个和顺侨乡，那里真是山清水秀、人杰地灵。和顺出过好多名人，任过中共中央党校副校长的哲学家艾思奇，就出生在那样一个小山村里。

过去和顺的许多人都远走缅甸、泰国、印度等国经商，有的人家很富有，建有气势不俗的住宅院落和家族祠堂。令人难以想象的是，早在 20 世纪 20 年代，这个乡就建有自己的乡村图书馆，馆名还是由胡适题写的。这个乡村图书馆到现在还在使用着，并有了“电子阅览室”，接上了互联网。书报阅览室对村民免费开放，电子阅览收取一定的费用。在这遥远的中国边地，竟有堪称“中国第一”的乡村图书馆，不能不让人称奇。

——7——

当年的腾冲，曾发生过抗战史上最惨烈的围歼战。中国军队全歼了据守腾冲城的日军，明代以来筑起的坚固的石头城池，在激烈的战斗中被夷为平地。腾冲围歼战，是史上著名的“焦土抗战”。

1944 年 8 月 2 日，中国远征军以四个整师的优势兵力，向腾冲城发起攻击。在飞机大炮的轮番集中轰炸和工兵的掘壕爆破后，8 月中旬，日军号称“固若金汤”的城墙防线终被攻破，远征军突入城内与敌巷战，又经过一个月逐街逐巷乃至逐院逐房的激战争夺，终于在9月14日拔除了日军在城东北角的最后一个暗堡，收复了腾冲。

在这次战役中，日守军3000多人悉数被歼，中国远征军则付出了伤亡18000余人的代价。

战争中的一些偶然事件总是让人难忘。

腾冲战役打得最激烈的时候，日本守军的最高将领，第148联队队长藏重康美大佐和十多个日军指挥官在腾冲城内原英国领事馆的地下室里开会，这时盟军空军对腾冲城实施空袭，英领事馆被重磅炸弹击中，藏重康美等人全被活埋于地下室中。其后，腾冲日军就在一些低级军官的指挥下负隅顽抗。

我看过一个叫做吉野孝公的日军俘虏的回忆录，这份回忆录被译为《腾越玉碎记》，讲述了腾冲城破后，吉野等七个溃败的日军在滇西的山林中逃亡的经历。在约半个月的时间里，逃亡的七个日军有的被搜捕，有的被中国军队打死，有的病死，有的伤重不能行走请求同伴“成全”他，有的在绝望中自杀，最后，只有吉野一人被俘活下来。

在这篇回忆录的前言中，吉野说了这么一段话：

（日本的）年轻人看到中越纷争的新闻画面时，只听他们叽叽喳喳地说：“我们真想在这种壮观的战场上，亲身体验一下战斗的滋味，哪怕一次也行啊！”当然这只是一群从未经历过战争的年轻人的话，但在残酷的战场上，并非每个人都能幸免于死。我想告诉他们，在子弹纷飞的战场上，每一颗子弹时刻都会夺取人的生命，而生命只有“一次”。

腾冲的国殇墓园，阵亡将士的墓碑按军衔拾级而上

腾冲战役后，在腾冲城边的一个小山上，人们为与日军血战而死的抗日将士们修建了“国殇墓园”。蒋介石、于右任、卫立煌等国民党军国要人，都有题词。墓园朴实肃穆，前面是忠烈祠，忠烈祠后面是阵亡将士的集体陵墓。那是一座长满了青松翠柏的小山，山顶上立着写有“民族魂”的纪念碑，在山下的入口处，有一块较大的石碑，上面刻着腾冲战役中阵亡的将军和校官的名字。后面，从山脚到山顶，拾级而上则是其他阵亡将士的石碑，依军衔一排排地排列着：二等兵陈贵云，一等兵刘云俗，上等兵蔡秀庆，下士班长陈松堂，少尉侯坚，上尉连长罗绍裘……这些为民族尊严而视死如归的铮铮汉子，这些体现着民族血性的民族英雄，他们的名字是不会上史书的，但就是这些被历史遗忘了的人们，在“滇缅公路”上，写就了历史不会忘记的故事。

——8——

下午三点，我终于爬到了这段高黎贡山盘山公路的坡顶，这一去到龙陵，还有30公里，大都是下坡了。

早上八点出发时，我特意记了一下，怒江桥边的里程碑标示的是“320线3441”，后来我一个里程碑一个里程碑地往前数，到了这个山顶开始下坡时，里程碑是“320线3477”。

这一路上来，我几乎都只能是推着自行车走，有的坡缓一点的地方，硬要骑车也是可以的，但那样快不了多少，还更费体力，也就干脆推着车走了。一直这么推着自行车爬长坡，后来甚至遇到了平路，想骑也骑不动了。

从“320线3441”到“320线3477”，一共是36公里，我推着自行车爬了36公里的长坡，从早上八点直到下午三点，整整推着自行车走了七个小时。在这里我远远看到了发生过惨烈战事的松山，没有找到“滇缅公路”标志性照片中所拍摄的那段“二十四道拐”的盘山公路。

我在山顶停下来休息。坐在路边的一块石头上，看着远处层层叠叠的群山。一阵阵风吹过来，让人觉得很凉爽。天空中有大朵大朵的云，下午的阳光透过云层照下来，怒江边的莽莽群山，有的地方暗，有的地方亮。

四、“滇缅公路”成为“血路”

－－1－－

“滇缅公路”沿线的抗战，早在筑路之初和战事结束后不久，就一直都有讲述。

1938 年 6 月 17 日至 19 日，时为记者的著名作家萧乾，在香港《大公报》上发表的《血肉筑成的滇缅公路》的系列报道，是早期有关“滇缅公路”沿线抗战传播最广、影响最大的讲述。

萧乾描绘了那些衣不遮体、食不果腹的各族劳工们，每日怎样为修建“滇缅公路”劳作，称他们是密如蚂蚁的“筑路罗汉”，有着不朽的善举和功业。一位参加修路又即将分娩的孕妇，被修路炸起的石块砸伤，临死前“她用搭在胸前的手指指腹部，嘎声地说：‘救救——救救这小的……’”这是一条事关民族生死存亡的公路，人们不得不为此牺牲。在萧乾笔下，筑路工人们自言自语：“怨谁呢？我谁也不怨，这就叫国难呀。”就像这一系列报道的标题所言，“滇缅公路”是用血肉筑成的。“滇缅公路”沿线的抗战在萧乾的讲述中哀而不伤，在惨烈中更显出悲壮。

1944 年，中国远征军开始向侵入缅甸和滇西的日军展开反攻，后来成为著名历史学家的黄仁宇先生，当时在中国远征军总部任参谋，他为香港《大公报》撰写了多篇有关中国远征军在缅北发起反攻的系列报道，1945 年，这些报道结集为《缅北之战》一书出版。同年，孙克刚先生有关缅北反攻的报道也被结集为《缅甸荡寇志》出版。两部书均为当事人有关缅北战事的第一手讲述，从中人们可以真切地了解到当时的战况。1945 年，负责修筑滇缅公路的公路局长谭伯英先生还在美国出版了英文版《滇缅公路》一书，全面介绍了“滇缅公路”的修筑情况及战时作用。

这一时期，也有不少表现“滇缅公路”沿线抗战的文艺作品。

1941 年，在“滇缅公路”修通后不久，诗人杜运燮在昆明出版的《文聚》杂志上，以长诗的形式讴歌了“滇缅公路”对于中国抗战的战略意义，强调这条公路在战时接受外援的“输血管”作用，长诗在结尾时形象地说：“整个民族在等待，需要它的负载。”

后来成为著名诗人的穆旦，曾经参加中国远征军出兵缅甸的征战，经历过野人山大溃退的惨烈。抗战胜利后，1945 年，他以幸存者的心情，回味咀嚼那些不堪回首的惨痛经历，以胜利者的姿态，从中体悟出深邃的历史意义和生命意义。在他的长诗《森林之魅》中，将其升华为一种艺术情调，“滇缅公路”沿线抗战的惨烈和壮烈，在穆旦笔下，呈现为蕴涵着生存奥秘及意义的静谧和壮丽。在缅北的原始森林中，无数渴望回家的中国远征军官兵，曝尸于异国他乡的丛林，他们的身体想要回返，野花却已经在他们的头上开满。没有留下姓名的他们，默默创造着民族的历史，成为神秘大自然中的"英灵"："没有人知道历史曾在此走过/留下了英灵化入树干而滋生。"

--2--

紧接着的内战，冲淡了人们对"滇缅公路"沿线抗战的关注。新中国成立以后，由于国共两党的政治分歧，中共与美国的对立关系，由国民党军队承担并得到美军帮助的"滇缅公路"沿线的抗战，几十年来一直都被屏蔽在中国抗战史的"历史讲述"之外。"滇缅公路"沿线的抗战再一次进入人们的"历史讲述"之中，已经是20世纪90年代了，其间沉寂了40多年。

1990年，由云南省政协文史资料室编辑的《滇西抗战》一书，由云南人民出版社公开出版，"滇缅公路"沿线的抗战，再一次被纳入中国当代"抗战历史"的讲述之中。这部书不仅总体概述了"滇缅公路"沿线的抗战，尤其是滇西抗战的时代背景及其过程，还以当时的战场报告、数据统计、图表和大量当事人的回忆等，具体翔实地呈现了"滇缅公路"沿线可歌可泣的抗战史。

新的时代有新的历史讲述方式，当年美军记者们拍摄的影像资料，为新一轮"滇缅公路"沿线抗战的历史讲述提供了许多直观的资料。1999年和2000年，云南美术出版社出版了《中国远征军滇西大战》和《从缅北丛林到怒江峡谷》，这是两本图文并茂的书，大量使用了当年随军记者所拍摄的照片，具体真切地讲述了一度被人们淡忘了的“滇缅公路”沿线的抗战。

2004 年，中央电视台“探索 · 发现”栏目制作播放了七集电视专题片《滇缅公路》，也大量使用了当年随军记者拍摄的视频资料，其中既有艰辛的筑路场景，也有中美联军同日军鏖战的惨烈画面。这些“视觉语言”和“书面语言”一起，更加直观生动地呈现了“滇缅公路”沿线的抗战史，丰富了“滇缅公路”沿线抗战的“历史讲述”。

“滇缅公路”沿线的抗战，在国外也受到了人们的关注。2002 年，美国《国家地理》杂志资深撰稿人多诺万 · 韦伯斯特即沿着“滇缅公路”实地走了一趟，书写了一部追溯“滇缅公路”沿线抗战历史的著作（*The Burma Road: the Epic Story of the China - Burma - India Theater in World War* Ⅱ）。在这部书中，他把“滇缅公路”沿线的中、美、英联合抗战故事，称为印度、缅甸和中国战场的“壮丽史诗”。2006 年，这部书由朱靖江翻译为《滇缅公路：第二次世界大战“中缅印战场”的壮丽史诗》，由作家出版社出版。

“滇缅公路”沿线抗战的历史讲述可以说是越来越热。2005 年，云南人民出版社还出版了《滇印缅战场实录系列》丛书，计有《血肉筑成抗战路》、《大战场，小细节》、《浴血怒江》、《江山作证》、《驼峰 1942—2002》和《侵华日军罪行录 · 云南部分》共六册，这些书大都以亲历者所掌握的第一手资料为基础，以“实录”的形式呈现，“滇缅公路”沿线抗战的“历史讲述”越来越具体充实。

甚至在 20 世纪 40 年代出版的一些有关“滇缅公路”沿线

抗战的书籍，也重新出版加入到当代的“历史讲述”之中。2002年云南人民出版社出版的“旧版书系”中，收有谭伯英先生的《滇缅公路》、孙克刚先生的《缅甸荡寇志》。黄仁宇先生的《缅北之战》在2007年也由新星出版社重新出版发行。这些书籍资料的再版重印，深化了“滇缅公路”沿线抗战的“历史讲述”。

“滇缅公路”沿线抗战的历史讲述，还以多样化的途径呈现出来。20世纪90年代以后，有关陈纳德将军和美国“飞虎队”的书籍，有关“驼峰航线”的书籍，不断得到翻译出版。“飞虎队”的成立和“驼峰航线”的开辟，与“滇缅公路”沿线的抗战有着紧密的联系，本身即是“滇缅公路”沿线抗战的一部分，这些书籍的出版，进一步充实了“滇缅公路”沿线抗战的“历史讲述”。“滇缅公路”修通后，响应陈嘉庚的号召，南洋各地有3000多名懂得驾驶技术的华侨回到祖国，到“滇缅公路”从事运输支援抗战；著名的西南联合大学，当年也有“八百学子从军”，主要从事翻译工作和通信技术工作，参加“滇缅公路”沿线的抗战。这些年来，有关“南洋机工史”的回忆写作和西南联大“学子从军记”的回忆写作，也从不同的角度和层面，扩展丰富了“滇缅公路”沿线抗战的“历史讲述”。

多角度、多层面的讲述，使得“滇缅公路”沿线抗战的“历史讲述”越来越充实丰富，后来的《中国远征军》、《我的团长我的团》、《滇西1944》等影视作品，都是以这些“历史讲述”作为创作素材又加以“艺术想象”的。

－－3－－

“滇缅公路”沿线抗战的“历史讲述”，述说了许多可歌可泣的抗战故事，还原了许多惊心动魄的历史细节。

1942年1月20日，日军从泰国边境攻入英属缅甸。3月1日，中国远征军10万人从“滇缅公路”入缅和日军作战，两个月后，远征军大败。5月5日，日军快速部队沿着“滇缅公路”推进至怒江惠通桥边，占领了大片滇西河山，切断了中国远征军的归国之路。

10万中国远征军，有一小部分退入印度，其余辗转回到国内，损失惨重。除1万多人为战斗减员外，竟有5万多人因为迷路、饥饿和疾病而消失在缅甸北部的野人山中。在溃退中，抗日名将戴安澜将军因伤口感染在缅北茅邦村以身殉国，举国震惊。戴将军率领的第200师，出国时有万余人，败退回到国内时仅有2600人。

1942年5月4日、5日，日军飞机分四批108架次轰炸保山，炸死炸伤1万多人，房屋被摧毁殆尽。后来引发霍乱，滇西民众死亡6万多人。《滇西抗战》中记载，5月28日，自腾冲撤退的海关人员、群众和缅甸归侨数百人，逃至怒江上江区栗柴坝渡口，准备渡江时，日军已追到江边。“民众相率投水者数十人，余悉被俘，敌以绳缚，使跪于前，用机枪扫射，全数毙命。”

日军占领滇西后，滥杀无辜、变态奸淫。日军以刀挑、开水灌口、开膛剖腹、活埋、拉肚肠、穿锁骨等非人方式残杀抗日军民和无辜群众，不分老幼大肆奸淫妇女。占领勐卯期间，日军在油库附近抓住两个傣族青年，硬说他俩偷汽油，将两人捆在火堆边，活活烤成干巴。日军甚至牵狼狗去奸污残疾女人，强迫当地民众当众行奸。据当事人回忆，日军把大刀架在一滇西民众彭金灿的脖子上，逼迫他对孕妇杨阿咪行奸。“彭金灿竭力比划分辩，日寇竟兽性大发‘哇哇’地狂叫着，一刀把彭金灿砍倒在坡上，一刀挑死了三岁男孩，一刀捅进孕妇肚子，捅死了杨阿咪和未出世的胎儿……（彭金灿）九死一生地活下来，他的后脖颈至今还留着五寸长的刀痕。”

中国军民的英勇抗争和壮烈牺牲，在“滇缅公路”沿线抗战的“历史讲述”中，有充分的呈现。《滇西抗战》中记载，腾冲归化寺阻击战中，“护路营的排长李炳仁带着两个战士利用地形，由侧边匍匐迂回到（日军）机枪阵地后面的土坎上，三个人一个饿虎扑食的架势跳下去，恰好压在机枪射手和副射手的身上，用匕首捅死了这两个敌人。这件事仅发生在十一二秒的时间内。李炳仁调转枪头，向敌人扫射，正在紧要关头，一颗子弹射进了李炳仁的胸膛，一个仅有22岁的青年军官牺牲在刚缴获的机枪上”。袭击飞凤山战斗中，“一个重伤员不能走了，身旁放着七颗手榴弹和一支步枪，当敌军接近他时，手榴弹一颗接一颗地甩了出去，当场击毙日军七人，而这位重伤员也倒在血泊之中，壮烈牺牲了”。腾冲城北拐角楼村一个名叫胡安俊的青年，年仅18岁。一天晚上“他只身前往满邑，路经金家牌坊，两名站岗的日本鬼子正在打瞌睡，一身是胆的胡安俊手持匕首，一刀一个，噎噎两声，血光飞溅处，两名鬼子倒毙地上……”。

腾冲围歼战和松山攻坚战，集中体现了中国军民的民族血性。腾冲围歼战中，飞机、大炮轰炸，机枪、火焰喷射器扫射，中国军队前仆后继地冲锋，与死守的日军寸土必争地厮杀，最终全歼守城日军3075人，我军伤亡18236人。战斗结束时，除几名慰安妇外，腾冲城内已找不到日军活人或伤兵，腾冲城片瓦无存，几乎找不到没有弹孔的树叶。松山攻坚战中，中国军队迎着日军的扫射，跨过同伴的尸体，向山顶顽强挺进，一个碉堡一个碉堡地清除，一条战壕一条战壕地争夺，短兵相接地肉搏，仅松山子高地一处，“敌我士兵互相拥抱而死者62对”，有的战士嘴里，还咬着日寇的耳朵。攻打松山主峰时，中国军队采用坑道作业，把暗道挖到主峰日军碉堡下，放置70箱炸药起爆，75名守军仅剩4名奄奄一息，其余炸毙。这次大战全歼死守松山的日军1280人，我军伤亡7600人。

松山大战清理战场时，对躲在山洞中负隅顽抗的日军，中国军队或以火焰喷射器烧光洞内氧气使其窒息，或以工兵爆破炸塌洞口掩埋，也有的由步兵部队铲土填埋洞口夯实。从印度入缅反击的中国远征军一路猛攻，在缅北密支那围歼了日军。退入密林的日军被切断了给养，在孟拱河谷西南部，武装齐全的2000多名日军，集体饿死在一条山谷里，许多人的嘴里，还含着芭蕉根。

在《中国远征军滇西大战》和《从怒江峡谷到缅北丛林》这两部图文并茂的书中，大量的图片展现了日军战败后尸横遍野的惨景。书中在注释爬满了苍蝇的日军尸体的照片时说：“侵略者不得好死！”在战争初期，日军的战死者，尸体还可以装袋运回国内，但随着战死者越来越多，后来的战死者，只能是切下一个手指运回国内了。书中有这样一张照片：中美两国军人抬起一具日军尸体的手掌，上面的一个手指，已经被切掉了。

所谓“武士道”精神，一直是支撑日军在侵略战争中顽强战斗的精神支柱，这种“武士道”教育鼓动日军在战败时也不投降，要为天皇剖腹尽忠。书中有这样一张照片：一位美军士官拿着一把匕首站在一群沮丧的日军俘虏面前。旁边的文字说明是：这位美军士官对俘虏们说，如果谁要剖腹自杀“为天皇尽忠”，可以把匕首借给他。但日军俘虏中没有人这样做，被俘的日军士兵说：只想早日回家！

——4——

翻过高黎贡山的大坡之后，我骑着自行车又到了龙陵、潞西和畹町，实地察看了张金山、三台山、黑山门，这都是当年中国远征军和侵入滇西的日军发生激战的地方。我还过境到了缅甸的木姐和南坎。“滇缅公路”在缅甸的这一段已经年久失修，路面上依稀看得出当年铺过柏油的痕迹，一条条小河上，钢架桥锈迹斑斑。我虽然没有走到终点腊戍，但看得出来，缅北的地形是丘陵和丛林，地势的落差不大，那段“二十四道拐”的盘山公路，不会在缅甸的那一边。

中国和缅甸交界处的桥梁，桥那边飘扬着的是缅甸国旗

我原本打算第二年的夏天，也就是2002年，再走一趟“滇缅公路”，要特意走这次没有经过的惠通桥两岸的那一段。我猜想，“二十四道拐”那样的盘山公路，只可能会出现在惠通桥两岸的怒江峡谷上。

可就在这年的春节后不久，大概是三四月份的时候，我看到媒体上有报道说，云南的文史学者戈叔亚先生，在贵州的晴隆县附近找到了这段“二十四道拐”的盘山公路。近十年来，戈先生在“滇缅公路”上来来回回地跑了好几趟，找这段公路，现在找到了。我看了报上刊出的戈先生拍摄的晴隆“二十四道拐”的照片，稍加比对就可以认定，这确实就是那段“滇缅公路”标志性照片上的盘山公路。原来，这段“二十四道拐”的盘山公路，不在“滇缅公路”上。

谜已经解开了，可也说不清是为什么，2002 年的夏天，我还是千里迢迢地来到了惠通桥边。还在东岸的山顶上，远远地就看到了怒江上的惠通桥。我开着一辆小轿车，小心翼翼地从盘山道上下到了怒江边，这就是曾昭抡先生在《缅边日记》中说过的那段落差有 1400 多米的盘山道，在山顶时得穿毛衣，下到江边时却热得只能穿衬衫，连耳膜都有了类似飞机降落时的那种感觉。

在怒江东岸遥看惠通桥（右上方的桥为惠通桥，下游这座是后来修建的）

现在的惠通桥已经不再通车，在惠通桥下游大约200米的地方，另修了一座横跨怒江的钢筋水泥大桥。我在桥头停下来拍摄东岸上蜿蜒的盘山公路时，一位守桥的武警战士朝我走过来，我以为这里不准拍摄，后来才知道是要检查我的证件，检查完证件后，这位武警战士要我把车停的离桥再远一些。

惠通桥近景

现在的惠通桥只剩下桥的钢架了，桥的两头，各有一个钢筋水泥的碉堡，被荆棘灌木掩盖了一半。桥的前面，立着一块碑。石碑上的文字说明，惠通桥最初是由一位叫梁金山的爱国华侨集资兴建的，1935年建成，1938年纳入“滇缅公路”通车，1942年5月初为阻断日军而炸毁，1944年9月在全歼日军的松山战役后修复，解放后又多次修葺，作为交通枢纽，为滇西的交通事业作出了重要贡献。

惠通桥两边的峡谷很深，午后的阳光已经照不到江面上。江水还是很大，水流还是很急，在松山巨大的阴影中，怒江无声地奔涌。听当地的老乡说，阴雨天时，在松山深处，有时会听到中国远征军冲锋的枪炮声和喊杀声。

– –5– –

2001 年夏天骑着自行车走了一趟“滇缅公路”之后，各种有关“滇缅公路”沿线抗战的消息，都会引起我有意无意的关注。我看到，在文字和影像之外，“滇缅公路”沿线抗战的“历史讲述”，还有了活生生的实物形式。

早在全歼侵入缅甸和滇西的日军，取得了“中缅印战场”的全面胜利之后，国民政府即在“滇缅公路”沿线发生重要战事的地方，诸如松山、腾冲等地，建立了抗战胜利纪念碑和阵亡将士纪念碑。然而，几十年来，这些纪念碑已经年久失修甚至遭到人为的破坏。20 世纪 80 年代后期，这些纪念碑逐步得到修缮，一些地方还新建了纪念碑和纪念馆。在潞西，新建了滇西抗战胜利纪念碑；在龙陵，兴建了滇西抗战纪念馆；在张金山、三台山、黑山门等发生激烈战事的地方，都兴建了战斗遗址纪念碑。“滇缅公路”沿线的战场遗址、纪念碑和纪念馆，现在都成为当地的青少年爱国主义教育基地。

滇西各级地方政府还多次组织参加过“滇缅公路”沿线抗战的国民党老兵“重走滇缅路”，参加各地举办的抗战纪念庆典；也曾多方协助美国方面，寻找牺牲在中国云南境内的美军飞行员的遗体。2005 年，在腾冲和顺乡建成了中国远征军博物馆，馆名还是连战先生题写的。在著名的腾冲国殇墓园，新辟出一块墓地，安葬在“滇缅公路”沿线抗战中牺牲的美军将士——他们的骨灰飞越大洋，再次来到中国他们战斗过的地方，他们的家人含着热泪，接受中国少年献上的鲜花。

在由昆明到畹町的“滇缅公路”的主要路口，修建了许多纪念“滇缅公路”沿线抗战的艺术雕塑。一些旅游公司，还利用“滇缅公路”沿线的战事遗址、纪念碑和纪念馆，组织“自驾游”和“体验游”，“滇缅公路”沿线抗战的“历史讲述”，逐步融入人们的日常生活之中。

一种民族精神的培育和传承，也在“滇缅公路”沿线抗战的“历史讲述”中体现出来。

早在 1938 年，“滇缅公路”还在修建时，萧乾先生在报道“滇缅公路”的修筑时，强调这是“血肉筑成”的滇缅路，后来在“滇缅公路”沿线展开的抗战，更是让这条路充满了血与火。1992 年，云南人民出版社出版了白山先生撰写的有关“滇缅公路”沿线抗战的长篇纪实文学，命名为《血线》。2002 年，云南人民出版社翻译出版原“滇缅公路”管理局局长谭伯英先生的 *The Burma Road*（《滇缅公路》）一书时，将其改名为《血路》。几十年来“滇缅公路”沿线抗战的“历史讲述”，呈现了一种精神象征的生成及延续。

“滇缅公路”是一条“血路”！

是饱含民族灾难的一条“血路”！

是中国军民反侵略、求生存的浴血之路！

也是彰显中华民族的牺牲精神和英雄气概、构筑民族血性的精神之路！

五、谁弄错了"二十四道拐"的位置？

– –1– –

2004年，中央电视台"探索·发现"栏目播出了七集电视

1944年美军记者拍摄的"二十四道拐"

专题片《滇缅公路》，整部片子，以说明这段“二十四道拐”的盘山公路究竟在哪里作为结尾。在片子中，“发现”了这段公路究竟在哪里的戈叔亚先生站在当年美军记者拍摄“二十四道拐”照片的地方，向人们解释，为什么人们会把这本是贵州省晴隆县县城附近的“二十四道拐”，当成了“滇缅公路”上的一段，并把这张照片当作“滇缅公路”的标志性照片。戈先生说:“可能”美军记者并不知道这里是不是“滇缅公路”，“可能”知道了也觉得“滇缅公路”上的路段没有这里的“二十四道拐”更有表现力……暗示美军记者无意或有意地造成了这张照片的误传。专题片的解说词最后总结说：“看来这位美军记者确实弄错了地方……”

后来戈先生还写了文章，进一步解释人们为什么会把地处晴隆县的“二十四道拐”，误认为是“滇缅公路”的一段。戈先生认为，美国媒体常把“滇缅公路”（Burma Road）和“史迪威公路”（Stilwell Road）混淆。1945 年，蒋介石在重庆宣布将由云南龙陵经腾冲再经缅甸密支那至印度利多的“中印公路”命名为“史迪威公路”时，并没有对此作出具体的界定，因而许多国外媒体，常常把重庆视为“滇缅公路”或“史迪威公路”的起点。这样，由昆明至贵阳再至重庆的这段公路，也被误当作“滇缅公路”或“史迪威公路”，昆明和贵阳间的晴隆“二十四道拐”，自然也就被说成是在“滇缅公路”或“史迪威公路”上了。

美国记者、美国传媒以及参加过“中缅印战场”抗战的美国老兵，确实在习惯上往往对“Burma Road”（滇缅公路）作“泛化理解”，把“滇缅公路”和“史迪威公路”混为一谈，甚至将其起点向上延伸至重庆。例如，2002 年美国《国家地理》资深记者韦伯斯特所写的《滇缅公路：第二次世界大战“中缅印战场”的壮丽史诗》一书，其中的“滇缅公路”（Burma Road），就包含着通常所说的“滇缅公路”和“史迪威公路”。但应该注意的是，即便美国记者或美国传媒常对“滇缅公路”（Burma Road）作“泛化理解”，他们在采用这张照片时，并没有说这段路在“滇缅公路”上，相反，倒是明确地给出了这段路的位置。

战后在美国出版的史迪威将军的传记《醋瓶子的乔的战争——史迪威在缅甸战后》一书，就用了这张“二十四道拐”的照片作封面，书中明确说明，这段“二十四道拐”的盘山公路，在云南沾益到贵阳之间的公路上。美国工兵 1880 营，1945 年间曾经在晴隆驻扎，维修过“二十四道拐”并把“二十四道拐”改建为“二十一道拐”。该工兵营印制的纪念册中，也有这张照片，下面注明“在沾益到贵阳之间的安南（也就是现在的晴隆县）”。由此可见美国记者、美国传媒以及来华参战的美国老兵，是知道“二十四道拐”的具体位置的，也没有说这“二十四道拐”就在“滇缅公路”上。就是后来转用了这张照片的日本人，也没有搞错。森三康平编辑的《太平洋战争写真》在刊用了这张照片后写道：“在前往困惑于物资不足的重庆的途中，正在通过中国安南附近恶名昭著的‘21 弯’险路的美陆军运输部队的卡车。”这样看来，晴隆“二十四道拐”被人们误以为是“滇缅公路”的一段，那张美军记者拍摄的“二十四道拐”被人们当作“滇缅公路”的标志性照片，原因并不在美国记者、美国媒体或美国老兵身上。

这张照片是谁拍的？什么时候拍的？现在人们都已经弄清了：1944 年 5 月 2 日，美国战地摄影队队长巴特带领两名队员来到贵州晴隆，与县长会晤后，拍摄了一些照片后前往昆明。这张照片，就是巴特此次晴隆之行的成果。在邓茜和陈亚林撰写的《历史的弯道》一书中，梳理了相关的情况。

从目前掌握的资料看，在新中国成立之前，国内的传媒没有刊发过这张照片。新中国成立以后，“滇缅公路”沿线的抗战长期被屏蔽在抗战史的讲述之外，这张美军记者拍摄的“二十四道拐”照片，自然也不会被媒体传播。国内传媒对“滇缅公路”沿线抗战的宣传，是在 20 世纪 90 年代以后，尤其是在 1995 年全国各地隆重纪念世界反法西斯战争胜利 50 周年活动之后，才逐渐热起来的。

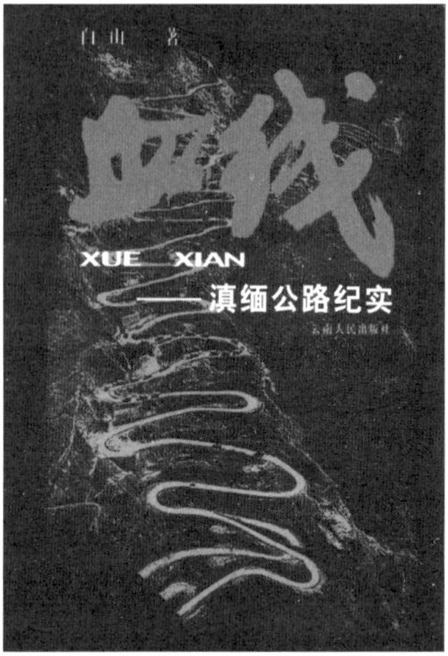

1992 年出版的《血线》一书的封面

1992 年，云南人民出版社出版了白山先生关于“滇缅公路”的长篇纪实文学《血线》，封面即用了这张照片，这是这张照片最早在国内媒体上出现。虽然没有明确地说这张照片拍的就是“滇缅公路”，但书中所写的“滇缅公路”，明确定义为云南昆明至缅甸腊戍段。这就形成了这样的暗示：这张照片是“滇缅公路”上的某一段。1999 年和 2000 年，云南美术出版

蜿蜒于高原之上的滇缅公路

这是一幅我们非常熟悉的照片，在飞机上俯瞰滇缅公路，使我们对这条抗战时中国与盟国的唯一战略补充线有了更为完整的印象。仿佛一条飘舞的带子蜿蜒于横断山脉的崇山峻岭之上。当时人们只要提到这条公路总是喜欢使用"血管"这样的比喻。其实即使是现在你也找不到比"血管"更为形象准确的喻体了。作为战时我国西南后方的一条历时最久、运量最大的国际通道，它直接有效地支持了国内的抗战。

2000 年出版的《从怒江峡谷到缅北丛林》所用照片及注释

社出版了两本图文并茂、以图片为主的反映“中缅印战场”抗战的书：《中国远征军滇西大战》和《从怒江峡谷到缅北丛林》。在谈到由云南昆明到缅甸腊戍的“滇缅公路”时，两本书都用了这张照片，前者将其称为“滇缅公路上的九弯十八拐”，后者则说这是“在飞机上俯瞰滇缅公路”。

由此可见，是国内传媒并不清楚这张照片的来龙去脉，而把它认定为“滇缅公路”上的一段，读者们受此影响，形成了错误的印象。这张“二十四道拐”的盘山公路照片，展现了当时的战地公路运输奇观，具有极强的视觉冲击力。公路上奔忙着的运送军用物资的大卡车，体现了公路运输在中国抗战中的重要性；陡峭蜿蜒的山间公路，则犹如中国抗战之路的隐喻：曲折而艰辛。后来许多有关“滇缅公路”沿线抗战的书籍，都采用了这张照片作插图。渐渐地，人们也就把这张照片当作“滇缅公路”的标志性照片。

据戈叔亚先生说，自20世纪90年代以来，他花了七八年甚至近十年的时间，在“滇缅公路”上来来回回地跑，反复寻找这段公路，甚至深入缅甸，可就是没有找到。后来有来自日本的信息说，这段路在“滇缅公路”的“前端”，贵州境内的“安南”，也就是今天的晴隆县，戈先生才调整方向到贵州去找，果然找到了，就在晴隆县城边上，还拍回了两者比对完全一致的照片，时间是2002年3月。据说，云南的一些文史学者对这样的“发现”非常吃惊也很失落，有的甚至劝说戈叔亚不要发表这样的“发现”，因为这张照片在情感上已经“和云南人民血肉相连50多年了”。当时好多媒体在报道戈先生的“发现”时，都说“这一重要的发现”，纠正了“半个多世纪的谬误”。

其实，是国内媒体造成了这一“历史的谬误”。把晴隆“二十四道拐”当作“滇缅公路”上的一段，把美军记者拍摄的这张“二十四道拐”照片当作“滇缅公路”的标志性照片，这一“历史的谬误”并没有“半个多世纪”，而是只有十来年。

－ －2－ －

听说，在对面的山头上，当年那个美军记者拍摄了“二十四道拐”照片的地方，现在已经建起了专门的“观景台”，从那里，可以很好地观赏这段“二十四道拐”的全景。我开着“战旗”吉普，在这段“二十四道拐”的盘山公路上慢慢地来回跑了两趟，没有去那个观景台。

好多人都知道了这段公路在贵州的晴隆县，知道了那张经典的黑白照片，拍摄的是这里的“二十四道拐”，可在今天，许多关于“滇缅公路”的书籍，还是喜欢用这张照片作插图，好多人还是把这张照片看作“滇缅公路”的标志性照片。

说起来，历史本就是人们心中的历史，是在历史往事的讲述和接受中形成的，硬要用“历史事实”去纠正人们“心目中的历史”，我觉得已没有这个必要了。我自己知道“二十四道拐”这段曲折延伸的历史弯道是怎么回事，也就行了。

走过西藏，追溯“仓央嘉措情歌”

从历史上看，被人们托附品行的圣贤，除了具有权威性和神圣性之外，在情感上还要深得人们的爱戴。这样，被托附的品行，才在权威性和神圣性之外，又更具亲和力。身为达赖喇嘛而又命运多蹇的仓央嘉措，无疑具备这两方面的条件。

一、帮达之夜，遥想“仓央嘉措情歌”

－－1－－

2003 年 8 月 11 日夜，在帮达，我和一对陌生的男女住在同一间屋子里。

在进西藏的公路上，帮达是一个重要的岔路口。从这里往北约 200 公里，就到了昌都，在那里往东，可以到成都，往西，经类乌齐、丁青、巴青、索县，在那曲汇入青藏公路，然后到拉萨，这就是人们常说的川藏公路北线。从帮达这个岔路口向西，经八宿、然乌、波密、林芝、工布江达、墨竹工卡，一直到拉萨，就是人们常说的川藏公路南线。

云南和西藏的交界处

我开着一辆北京吉普“战旗”从通常所说的滇藏公路进来，从云南的香格里拉经德钦进入西藏，走了两天，经盐井、芒康、左贡，到帮达时天已经黑了。帮达岔路口有一个很大的兵站，路边有好多四川人开的小旅馆。好多西藏的小旅馆都是这样，按先来后到安排床位，男男女女住在一起。

这里海拔4200多米，夏天也冷得很。小旅馆的棉被倒是很厚，但也很脏，有很浓的异味，黑乎乎、沉甸甸的，处处是汗渍。不知是海拔高还是脏被子实在太沉，总感觉被压得透不过气来，睡不着。

“氧不够了，打开门啊！”大半夜的，那位女的突然疯了似的大叫起来，那男的连忙起来，把门打开。

一阵寒风透进来，人更清醒了。把脏被子往身上裹了裹，看来，今夜得这么熬了。

门外有很好的月光，看不到月亮。远处是只有草皮的山包，再远处，就是明净的夜空，有很多星星，能听到一阵阵的风声。

在那东山坡上
升起了白白的月亮
玛吉阿米的面容
浮现在我的心上

在这藏地的月夜，很自然地就想到了这首“仓央嘉措情歌”。仓央嘉措，就是六世达赖喇嘛瑞晋仓央嘉措，距今三百多年了。这首“玛吉阿米的面容”，是“仓央嘉措情歌”中最著名的一首。人们传说，这仓央嘉措虽然尊为达赖喇嘛，却是一位风流的情僧。传说他常常潜出布达拉宫，到八廓街上和他的情人“玛吉阿米”幽会。这位风流的达赖喇嘛，又是一位杰出的诗人，在身体力行之余，还为他的风流写下了许多动人的情歌。

薄暮出去寻找爱人，
破晓前下了雪了。
住在布达拉时，
是瑞晋仓央嘉措。

在拉萨下面住时，
是浪子宕桑旺波，
秘密也无用了，
足迹已印在了雪上。

这也是“仓央嘉措情歌”中的两首。说的是身为宗教领袖的达赖喇嘛仓央嘉措，化名到民间去风流。白天在布达拉宫里，他是达赖喇嘛仓央嘉措，到了夜里，就成了在拉萨街头猎艳的浪子宕桑旺波。这些传说有鼻子有眼：“六世达赖喇嘛仓央嘉措特意在布达拉宫正门旁边，又开了一个旁门，将旁门的钥匙自己带着。等到晚上守门的把正门锁了以后，他就戴上假发，扮作在家人的模样出去，在拉萨民间，改名叫做宕桑旺波，去过他花天酒地的生活。待破晓即回去将旁门锁好，将假发卸去，躺在床上装老实人。这样好久，未被他人识破。有一次在破晓未回去之前下了大雪，回去时将足迹印在了雪上，宫中的侍者早起后见有足迹从旁门直到仓央嘉措的卧室，疑有贼人进去，后追究足迹的来源，直找到荡妇的家中，又细看足迹乃仓央嘉措自己的，乃恍然大悟。从此这件秘密乃被人知道了。”

最早向汉语世界翻译介绍“仓央嘉措情歌”的于道泉先生，在这两首情歌后面的注释中，就是这么说的。

西藏最吸引我的，就是这“仓央嘉措情歌”。

崇山峻岭、公路弯弯，天边云雾缭绕，让人知道什么是远方

进藏两天了，一路走来，一路都是风景。蓝天、白云，雪山、草地。在路边，你会看到穿着红黄袈裟的喇嘛，飘逸而过；用花帕子蒙着大半张脸的少女，害羞地笑着。一阵风吹过，成熟的青稞地让人看到阳光深浅变幻的颜色；黄昏时分，寺庙的塔尖在山谷间闪着金光……

一路上，最让我难以释怀的，就是流传在这片雪域高原上的“仓央嘉措情歌”。仓央嘉措在神秘宗教环境中自由无羁的风流生活，真的是让人好奇又向往啊！

这次我来了，驾着吉普车行走西藏，追溯“仓央嘉措情歌”。

- -2- -

借着门外的月光，可以看到屋内这对男女的行囊散落一地。两个很大的户外专用背囊，一个打开了却没有撑起来的帐篷，两个水壶，上面有长长的塑料管子，可以一边走一边噙在嘴里喝水，还有一个可以戴在头上的电筒……

两双风尘仆仆的旅游鞋和旅店的被子一起散发着同样的味道。

看得出来，这对背包客是情侣，不是夫妻。男的说他是广西梧州人，她是……，他刚要说，就被女的一个眼色止住了。他们两人是在网上相约了一起出来旅行的，一路搭车已经一个多月了，去过大理、丽江、泸沽湖、香格里拉，现正一路搭车到拉萨去。还说，到了拉萨后，要再一路搭车去尼泊尔……

那要多长时间啊？我问，你们怎么会有那么长的假期？

男的用广西腔的普通话回答说：我们自己做，没有假期不假期的啦。

看着人家能这样来去自由地恋爱或偷情，难免心生艳羡。

口渴，想喝口热水。我知道，暖瓶里已经没有水了。这样的旅馆也就是给个睡觉的床，没有盥洗的地方。一个房间一暖瓶开水，喝的、用的、泡茶、洗脸、刷牙，全在里面。先前说实在不够用，可以再要一瓶，可等我想再要时，却找不到老板娘了。

这对背包客比我先几天进藏，男的很老练地开导我说，在西藏就得这样，你得适应男女混住，学会不洗脸、不刷牙、随地大小便。

那两双旅游鞋和被子的味道一阵阵地袭来。

这对男女没有用小旅馆的被褥，各自钻了睡袋躺在床上。那男的给我说过，他们的睡袋是“零度睡袋”，在室外可以御寒，在室内则会睡得出汗。他们带了帐篷，怎么还来住这种脏兮兮的小旅馆呢？还要和别人住在一起，想亲热一下都不行。

以前我也看到过好多背包客背着帐篷睡袋到处找旅馆。在内地我还不是感到特别奇怪，毕竟在旅馆洗个热水澡，多舒服啊。可到了西藏，在帮达这地方，旅馆这么糟，还不如睡在自己的帐篷里舒服，再说，这里地方多空旷啊，到处都可以搭帐篷。

你们怎么不在外面搭帐篷呢？我终于禁不住好奇地问。

我想搭，可他不让啊！女的娇嗔地瞟了男的一眼说。

我明白了，作为男的，带着个女伴，他当然还要操心安全。

再说，海拔这么高，天气这么冷，动一动就喘，又没有水洗，大家都脏兮兮的，谁愿意碰谁啊。

看来，这对背包客男女的情爱之旅，没有想象的那么浪漫。

– –3– –

凌晨四点，门外停着的大卡车轰隆隆地发动起来。司机说，前面有一段在修路，每天早上五点至八点间放行，要在八点之前赶过去。天冷，大卡车发动起来还不走，轰隆隆地热车十多分钟。无法再睡，我们也决定起来赶路。

昨晚问过小旅馆的老板娘，厕所在哪里？

老板娘说，没有厕所，屋外随便找个地方就是了。实在不行，可以去用兵站的厕所。

兵站的厕所孤零零地远在路边，大约有 300 米，中间隔着个挺大的停车场。夜深人静，广场上静静地停放着几辆拉练的军车，还有两个哨兵在巡逻。出发前带了个手电筒，这时用上了。进兵站的厕所一看，挺干净，也挺大，估计可供一个汽车连同时使用。一个人这样独享时，有点儿异样的感觉。

凌晨时分，寒风刺骨。我的同伴不想跑那么远，就到野地里去“解了个风景手”，他调侃说，冷风乱吹，手一松，手纸就擦着鼻尖飞掠过去……

那对男女问能不能搭我的车，我们一行四人，最多只能再挤一人，他们的行李又那么多，就是后排的人都下来，也不一定装得进去。

我开着吉普车经过停车场时，天已经蒙蒙亮了。这时才看清兵站厕所白色的墙上醒目地写着一排红色大字：“非军队人员不得使用!”

– –4– –

路都是土路，又正在修，坑坑洼洼的，好在我们开的是吉普车。山的起伏很大，没有一棵树，都是些只有草皮的荒山。

驾着“战旗”吉普，跋山涉水前往西藏的路上

虽说是八月，可海拔高，风大，可以说是寒风凛冽，几个人挤在车里都觉得冷。迷蒙中，迎面开过来一辆大卡车，依稀看见上面堆满了被子，会车时，又看见车厢边还挂着好多大大

小小的方形塑料桶，有点奇怪，大清早的，谁在高原上搬家呢？

过了一会儿，又看见远远的迎面开过来一辆大卡车，也堆满了花花绿绿的被子。这回注意看清楚了，吃了一惊：原来车厢里坐着不少人，都裹着厚厚的被子相互挤在一起，只露出鼻孔眼睛小半张脸。如果不这样，在高原的夜里，会被冻死的。那些方形塑料桶，就是他们的水壶了。

后来才知道，这就是西藏特有的“拉大厢”。

“拉大厢”就是坐在敞篷的卡车厢里旅行，这些卡车是临时改作客车用的。在西藏，这可不容易。白天太阳烤得你脱皮，夜里冷风可以把人冻死。听一位背包客说，“拉大厢”的价钱比较便宜，大概只是客车或卡车驾驶室的五分之一或三分之一。我注意到，“拉大厢”的，大都是藏民。

在然乌公路边看到的语录牌，这应该是文革时期的遗留

还在进藏前，就听一位在林芝工作了多年的朋友说过，去年他曾遇到一位北京女孩，孤身一人，带着3000块钱就走了趟西藏，一路上就是去“拉大厢”。后来在读《拉萨晚报》时，我也曾看到一则报道说，一位好心的医生，送给一位内地到西藏旅游的大学生一条被子。当时莫名其妙，送这位旅游的学生一条被子干什么呢？见过“拉大厢”后，也就明白了，是让他“拉大厢”时御寒用的。

当然“拉大厢”的也未必完全都是出于省钱的考虑，或许也有寻求某种新体验的意思。我们在然乌吃午饭时，刚好有一辆“拉大厢”的卡车也停下来，从车厢里的藏民中，钻出三个汉族男子来，穿着颜色鲜艳的冲锋衣，一身旅行者打扮，有的脑后还留着马尾辫，像摇滚歌星的样子。每个人的肩上，都挎着“尼康D300”之类的高级相机和长长短短的镜头，这大概是些寻求特殊体验的新潮艺术家了。

“拉大厢”白天太阳晒，夜里冷风吹，我一直不明白，为什么就不把卡车的篷布撑起来呢？是不是因为高原缺氧，要是把篷布撑起来，大家就透不过气来了？

——5——

一路向西。

太阳升起来了，这下才看清，面前是一条很深的峡谷，公路“之”字形地伸进峡谷深处，有十几个来回，很壮观。峡谷的对面是山，山的远处还是山，有一缕缕的白云。这下知道了，什么叫远方。

在这样的路上，我们超过了几拨骑自行车穿越西藏的“车侠”。

他们的装束十分惹人注目：骑着山地车，裹着冲锋衣，戴着头盔、风镜和手套，浑身上下几乎都遮严实了，只有脸部是露着的，晒得黝黑，自行车后架上是不小的行囊。我自己的经验是，海拔超过 4000 米，身体的反应就不正常了。即便没有高原反应，做一点儿稍重的体力活，就会气喘吁吁。沿途那些雨雪交加的海拔 5000 多米的山口，推着自行车和行囊，他们是怎么过来的?

我和这些自行车侠从没有过交谈，我们只是在路上交会时一闪而过。有时他们迎面骑来，有时我从后面超过他们，我向他们投以好奇和钦佩的目光。后来搭我们车的一位背包客说，她在然乌的小旅馆里就遇到过来自复旦大学的自行车侠，一位老师和两位学生。骑了一天车的他们，竟然还能在小旅馆里和一位刚认识的女背包客打扑克牌直到凌晨四点。

– –6– –

在然乌湖畔的一家路边小餐馆吃午饭，四川人开的，有我爱吃的回锅肉。

一家藏民也进来吃饭，五个人，刚从“拉大厢”的卡车上下来。一位老人，一对夫妻，两个小女孩。我们朝他们点头微笑，三位大人也双手合十朝我们点头微笑。

问他们从哪里来。那男的能说一点汉话，说他们去拉萨给布达拉宫“磕头”，说的时候他还比划了一个磕头的样子，现在要回昌都去。他说，现在有车，方便了。

我说我们也要去布达拉宫。他说，100 块。意思是门票要 100 块。又说，我们不要钱，身份证。意思是藏民只要有身份证，免门票。

真想和他们多聊几句，只可惜语言不通，双方都觉得吃力。我注意了一下，他们点了米饭、辣椒炒土豆丝、西红柿炒蛋。

一对年轻的背包客在我们旁边坐下来，小伙子说，想搭我们的车。还说，可以出钱的。

我说钱不用，只是我们的车最多只能再搭上一人。小伙子指着女伴说：让她先跟你们到波密吧。他说，他随后再找车跟过来。那位女背包客朝我们笑了一下。

一边开车一边和女背包客聊起来，知道她是绍兴的中学英语教师，男的是都江堰人，刚考到西安去读研究生，从西藏出去就去报到。两人是在网上相识，相约在成都汇合后再进藏的。

又是一对有情人。我羡慕地说：好浪漫哦。

女背包客没有接话。我以为是不是我刚才有点夸张的腔调让她感到不快，为了自我解嘲，想想昨晚和那对男女交谈的情形，就又补上一句：西藏旅途艰辛，不好浪漫啊。

真是这样的。她接话了。洗脸刷牙都难，别说洗澡了。又说随地大小便男的可能还好点，女孩子就很难克服这个心理障碍。也就是离路边再远点儿，可还是在众目睽睽之下。还说背包客在西藏旅行，每天都要急着搭车赶路，没心思浪漫的。

原来我以为，背包客们一路走走停停搭便车，是不要钱的。

跟这位女背包客一交谈，才知道不是这样。

搭那些过往的卡车，都是要付钱的，而且价格不低。女背包客说，大致的价格是每100公里50元左右，比内地高速公路上的豪华大巴还贵。当然也有价格便宜一些的长途客运班车，只是这样的班车不是每天都有，从昌都到拉萨的客车，每五天才有一班，你等不得，而且等到了还未必有座。有时，也会碰到不要钱的卡车司机，只是行情已经如此了，即便不要钱，到时你也得买包烟请顿饭地意思一下。

从成都一路搭便车走到这里，女背包客有丰富的搭车经历，说起来就没完。她说西藏的公共班车不多，背包客们大都是搭一路过往的货车，即便付每百公里50元左右的高价，这货车还不是想搭就搭得到，每天到了一个地方，还来不及住下来，就急着到车站和停车场去打听，有没有第二天顺路的车。有时甚至得一大早起来，在路边守株待兔似地等。

好不容易搭上了车，可以松一口气了。但要是看到了好风景，想拍照，卡车一般是不会为搭客停下来的，除非靠近村镇，背包客们也不敢为了好风景而贸然下车。要是接下来搭不上别的车，西藏高原野外的荒凉和夜里的寒冷，不是一般人受得了的。

——7——

傍晚到了波密后，女背包客另去找旅馆。大约四个小时后，那位小伙子也搭车赶来找到了女孩，我看他们都是通过手机短信联系。他俩一起到我们住的地方来聊了会儿，表示感谢。还说明天他们有五个人合包了一辆丰田吉普到林芝，每人 200 元，路程大约只有 200 公里。因为在修路，不好走。车老板说了，要是一周前，得要每人 300 元。

背包客的开销不低啊！送走这对背包客后我在想，恐怕比坐飞机到拉萨还贵。继而又为自己的想法感到好笑。背包客们走西藏，并不是以旅费是否合算来安排行程的，就像车侠们要骑车去拉萨，那位孤身女子和几位新潮艺术家要挤在藏民中“拉大厢”，和我要开着吉普车颠簸一样，我们不过是以各自不同的方式，走过西藏，践行一个“生活在别处”的梦想。

想起了那首传说中的“仓央嘉措情歌”：

那一天
闭目在经殿的香雾中
蓦然听见你诵经的真言

那一月
转动所有的转经筒
不为超度只为触摸你的指尖

那一年
磕长头匍匐在山路
不为觐见只为贴着你的温暖

那一世

转山转水转佛塔呀
不为修来世只为在途中与你相见

二、排龙天险，秘而不宣的“转世灵童”仓央嘉措

——1——

从波密再往西，走过20多公里乌黑的柏油公路，就到了通麦镇，再往前走两公里，自驾车走西藏的人都知道，就到了著名的排龙天险。

这是两江汇合的地方，雅鲁藏布江的两条支流在这里交汇，形成一个丫字形的河口。一座铁索钢架桥跨过江面，把江两边的公路连接起来。这里经常下雨，地质情况复杂，十多公里的路，总是泥泞不堪，还常常发生泥石流，桥被冲垮过好几次，峭壁边挖出的公路很窄、很滑，下面是滔滔的江水，车翻下去也是常有的事。

我驾着吉普车从铁索桥上走过，桥上铺了两道条形的木板，车轮就压在上面，就像驾驶考试时的双边桥。桥倒是很平稳，就是下面的木板咔咔作响，给人哆哆嗦嗦的感觉。

过了桥后，看到了过去被冲垮了的两座桥留下来的桥墩，再走一段，看到路下面的江水和岩石间，露出半截大客车的残骸。

排龙天险横跨江上的吊桥

路都是烂泥滩，只有容一辆车通过还多出半辆车的宽度，外面就是滔滔的江水，车都尽量靠里走。过一两百米条件允许的地方，路就会拓出比较宽的一段，来往的司机要注意看，调节好在那里会车。

烂泥路边停着一辆抛锚的老式丰田吉普，一位藏族小伙子向我们挥手示意，需要帮助。

把车停下来，从他断断续续的汉语中我们听懂了，这位藏族小伙子要搭我们的车到前面去。

和小伙子搭话时，与我们同行的那位女伴从后面用手摇我的肩。我知道她的意思，这位藏族小伙子腰上别着一把长刀。小伙子上车后，她的手就一直紧紧地抓着我们一位同伴的手臂，她后来说，直到那位藏族小伙子下了车，她才松了口气。

藏族小伙子说，他哥哥到前面去找修理工，让他在这里等着，已经等了一天一夜。我们问他吃东西了吗，他说有，嚼的方便面。还说他在这里等不得了，要到前面有人的地方去等。过了一会儿，他还问我们要不要红豆杉，可以卖一些给我们。到了一个路口，他要下车了，他说从这里一直进去，就是雅鲁藏布江大峡谷，还问我们要不要去，他可以给我们做向导。

和藏族小伙子告别。这里地势比较开阔，大家都到路边的树丛中去方便，刚才那段路让人够紧张的。

原来从这里进去就是雅鲁藏布江大峡谷。望着远处云雾缭绕的群山，我知道，再往南，就是藏南隅松地区了，那是六世达赖喇嘛仓央嘉措的出生地。在地图上，藏南的这一片地区有的地方标有村镇和公路，有的则一片空白，什么都没有标示。这没有标示的空白部分，就是被印度蚕食控制的地区，六世达赖喇嘛仓央嘉措的出生地隅松，就在现在的印度控制区。也就是说，仓央嘉措作为五世达赖的“转世灵童”，是在藏南隅松地区被寻访到的。

－－2－－

佛教有生死轮回的观念，又有“三身说”的理论，即佛有“法身”、“报身”、“化身”。“法身”不显，“报身”时隐时现，“化身”则随机显现。平时佛可以有若干个“化身”在各地“利济众生”，当他“圆寂”以后再转世，也就理所当然了。藏传佛教中特有的“活佛转世”制度，就是建立在这样的佛理上的。

这一制度最初由藏传佛教中的噶举派之噶玛噶举支派黑帽系创立。1283 年，在噶玛噶举派的首领噶玛拔希圆寂时，首次采用了寻访“转世灵童”继承法位的做法。后来，藏传佛教的各派系渐有仿效。1546 年（明嘉靖二十五年），藏传佛教中的最大派别格鲁派在二世达赖喇嘛更敦嘉措圆寂后，也仿效了这一做法，从堆龙德庆地方找来了年仅三岁的索南嘉措作为“转世灵童”。后来“活佛转世”制度在藏传佛教中广泛流行开来，不仅达赖和班禅的法位传承采用这一制度，其他一些大的寺院的活佛法位的传承，也采用这一制度。这一制度不仅在藏区实行，也流传到信仰喇嘛教的蒙古地区。

神秘的“活佛转世”制度，其实体现着一种政治智慧。

俗世的财产和权力传承，进入私有制社会后，大都是以血缘传承为依据，采用了父传子继的形式。在中国历史上，早在周代，就确立了“嫡长子继承制”，在多妻制的社会环境中，由正妻的第一个儿子继承财产和权力。具体实施起来，又遵循“立嫡以长不以贤，立子以贵不以长”的原则，也就是由正妻的儿子继承时，只能是长子，不管他的地位和才能。如果正妻没有儿子，要在其他妻子所生的儿子中选出继承人时，才考虑他们的地位和才能。所以要这样做，也是要在继承财产和权力时，有一个便于操作的硬标准，防止后辈们为了继承财产和权力而发生争斗。

对出家人而言，财产和权力的继承已经没有血缘关系的依据，通常的做法是由师傅传给徒弟。这一传承关系的合法性，似乎不像血缘关系那样更能得到人们的认同，合法性的强度不够，难免会有纷争。再说师徒在长期的相处中，也会形成亲疏有别，这样一代代传下去，就可能会出现世袭的帮派。灵童转世制度，一切从头再来，可以避免因师徒间亲疏有别而形成世袭的帮派。当然，相当大比例的“活佛”转世灵童，出在富贵之家，有的甚至一家出好几位，这难免会让人猜想这其中会不会有什么内幕。但就历史事实看，达赖喇嘛的转世灵童，大都出在偏远之地的普通人家。这也说明，面对最大最高的财产和权力继承时，人们更要求公开、公平、公正，说到底，这也是世间各种力量相互制衡的结果。

在藏南隅松地区寻访到仓央嘉措作为五世达赖的“转世灵童”，这其中隐藏着难以言说的政治韬略。

1682 年，五世达赖喇嘛阿旺洛桑嘉措去世，当时藏人的世俗政务首领“第巴”桑结嘉措和掌握西藏实权的蒙古“拉藏汗”不和，二者正进行着激烈的权力争夺。出于把持权力的考虑，桑结嘉措秘不发丧，假称达赖喇嘛在布达拉宫中修行入定，不许外人打扰，一切指令均通过“第巴”桑结嘉措来传达。五世达赖喇嘛已经去世这一天大的秘密，竟然被隐瞒了 15 年之久。

“第巴”桑结嘉措也早早地就留了一手，私下将仓央嘉措认定为“转世灵童”，只是秘而不宣。1683 年，也就是清康熙二十二年，藏历水猪年，仓央嘉措出生在藏南隅松地区的一户贫苦农民家庭。有这样一种说法：作为五世达赖喇嘛的转世灵童，仓央嘉措 15 岁时才“坐床”成为达赖喇嘛，此时他已经基本成年，渐知风月，在民间养成了自由自在的天性，所以后来即便他已经成为宗教领袖，但已难受宗教戒律的管束，名为达赖，实为情僧。这其中就有许多想象了。据藏文资料记载，仓央嘉措被认定为“转世灵童”后，虽然秘而不宣，但他并没有在民间过自由自在的生活，而是在“第巴”桑结嘉措的严格管束之下。桑结嘉措安排了学问高深且要求严格的经师，督导仓央嘉措努力学经。藏文资料中倒有记载，仓央嘉措不爱读经，想要自由自在地出去游玩，但那些经师们跪求他，说他如果不好好学经，经师们就会受到桑结嘉措的严厉惩罚，仓央嘉措于心不忍，长叹口气，只好又回去学经了。

史书记载，1697 年，康熙皇帝御驾亲征打败了反叛的蒙古噶尔丹，从俘虏口中偶然得知了五世达赖喇嘛早就去世的秘密。康熙立即派使者入藏勘察并要“第巴”桑结嘉措作出说明。桑结嘉措连忙给康熙上密奏解释说：“前恐唐古特（西藏）民人生变，固不发丧。”又说，五世达赖喇嘛的转世灵童也早已认定，“转生静体，今 15 岁矣”。甚至还求康熙为他保守这个秘密，“求大皇帝勿宣泄”。从政治大局出发，康熙一度同意为“第巴”桑结嘉措保密，“许为密之”，并派出使者回旨。后来康熙看透了桑结嘉措欲大权独揽的野心，认为“第巴欲专国事”，且这人不可靠，总是“反复执两端”，就又降旨把使者追了回来，并召集蒙古各部宣示了桑结嘉措的“密奏”。在这样的境况下，桑结嘉措被迫公开真相。同年 12 月 25 日，让已经 15 岁的仓央嘉措行“坐床”仪式，迎回拉萨领达赖喇嘛尊位。

“转世灵童”的寻访和认定，有一套复杂的制度。先要由教派高层和活佛、僧人代表以及寺院、部落代表一起卜算转生方向，然后根据卜算方向派人在活佛圆寂后这段时间出生的男童中寻访。寻访到灵童后，往往不止一名，又要卜算“有”还是“无”，即“转世灵童”是否在这些男童中，如果卜算结果是“无”，就还得重新卜算方向寻访。如果“有”，则再以卜算抽签的方式来决定谁是“转世灵童”。

为了避免“活佛转世”在实行中作弊，1793年，清朝中央政府颁布“钦定藏内善后章程二十九条”时，创建金瓶掣签制度，将其列入“善后章程”第一条：大皇帝为求黄教兴隆，特赐一金瓶，规定今后遇寻找到活佛灵童时，邀集四大护法，将灵童名字及出生年月，用满、汉、藏三种文字写于牙签牌上，放进瓶内，选派有学问的活佛，祈祷七日，然后会同清廷“驻藏大臣”在大昭寺释迦佛像前当众掣签认定。

清朝中央政府还特制了两个掣签金瓶：一个用于达赖、班禅等藏区大活佛“转世灵童”的认定，现存放于拉萨布达拉宫；另一个用于确认蒙古各部大活佛的“转世灵童”，现存放于北京雍和宫。金瓶掣签制度实施后，据清朝理藩院统计，从乾隆末年到光绪三十年，仅西藏地区就有39个主要活佛系统的灵童，经金瓶掣签确认后继承佛位。

金瓶掣签后，驻藏大臣、寻访灵童负责人要将掣签所确认灵童的情况报告中央政府，经中央政府批准后，才能举行坐床典礼。有时情况特殊或只寻访到一位“转世灵童”，也可以免于掣签直接认定，请中央政府批准。现世达赖喇嘛，也就是跑到国外的那位达赖喇嘛，就是经中华民国中央政府令“免予掣签，特准继任为第十四辈达赖喇嘛”后，于1940年2月22日由国民政府蒙藏委员会委员长吴忠信主持，在布达拉宫正式“坐床”的。

据相关记载，卜算方向时，往往要参考一些征兆，寻访灵童时，又要带上前世活佛的一些遗物，据说“转世灵童”会认得这些遗物或表示出特别的亲近。当年桑结嘉措在藏南隅松地区寻访认定仓央嘉措为五世达赖的“转世灵童”时，究竟是凭借何种征兆和卜算，已经不得而知了。但仓央嘉措圆寂后，人们在寻访“转世灵童”时，却是以一首“仓央嘉措情歌”作为征兆来确定方向的：

白色的野鹤啊，
请将飞的本领借我一用。
我不到远处去耽搁，
到理塘去一遭就回来。

正是以这首“仓央嘉措情歌”为征兆，后来在理塘地区寻访认定了仓央嘉措的“转世灵童”并得到清政府的批准，这就是七世达赖喇嘛格桑嘉措。

三、夜色拉萨，体味“仓央嘉措情歌”

——1——

米拉山口，经幡像海洋一样，在寒风中猎猎作响。过往的车辆，好多都停了下来，人们纷纷下来在这里照相留念。路边的一块路牌上写着：米拉山，海拔5100米。

米拉山，经幡像海洋一样

路边有十来个藏族小孩，都十来岁，伸手向过往的旅客要东西。

曾经看到网络论坛上有到过西藏的游客说，最好是准备一些文具或糖果之类，送给路边遇到的小孩子。我拿出一袋糖果，想分给围着车子的四五个藏族小孩，男男女女都有，谁料其中的一个小男孩，一把夺过去就跑远了，其他的小孩子就都追着过去，听不懂他们嘴里都喊叫着什么。

一路下来，就到了墨竹工卡县，兜里的手机一下子发出了音乐声，这是一路上常碰到的情况，到了有信号的地方，一直沉默着的手机就会响起音乐，收到一条短信，当地的“中国移动欢迎您”。

看到有信号，就一边走一边给在拉萨的一位朋友打电话，要他给我们订旅馆，说着说着，又没有信号了。开回去开回去，把车掉头朝县城开回去，果然，一会儿又有信号了，西藏的移动信号就是这样，在县城四周十公里左右之内才有。

快到拉萨了。这里海拔不高，气候温和，可以说是山清水秀。乌黑的柏油路边是两排绿油油的白杨树，白杨树外是大片大片的青稞地。

磕长头的！路边有一位磕长头的！这是我们一路上第一次遇见磕长头的朝圣者。就在我把车子停下来的同时，两辆旅游大巴也停在了路边。

车上的游客涌下来，围着磕长头朝圣者拍照，好多人还和他合影留念。这位藏民朝圣者穿着皮质的围裙，这样俯身下去时可以护着膝盖，他的手上，也有两块皮制的护掌。在他后面十几米的地方，应该是他的妻子吧，拉着一辆木板车，上面鼓鼓囊囊的，用塑料布盖着。那是一路的行囊和给养了。

拍完照后，旅游者们有的送他矿泉水，也有的 5 元、10 元地送他钱，不一会儿，磕长头朝圣者的手里就攥着一把票子。

朝圣者说，他是从四川阿坝来的，已经磕了 11 个月了。

人群中响起一阵惊叹声。

这里离拉萨已经不远，他快要功德圆满了。

傍晚时分，我们远远地看到了布达拉宫，禁不住在车内一阵欢呼。

布达拉宫鹤立鸡群般地高耸在城市之上，背景是莽苍苍的山峦，山峦背后又是明亮的蓝天和白云，一道道夕阳的光束打在布达拉宫上，巍峨的宫殿放射出灵光，金碧辉煌中又透出神秘，真让人有见了西天佛国的感觉。

来到拉萨，见到了布达拉

这天是2003年8月14日。

— —2— —

天慢慢黑下来，我们在拉萨大昭寺旁边的一家藏餐馆里吃藏餐，餐馆叫做“古城藏餐馆”。

藏餐馆里很安静。

我们要了酥油茶，老板娘问我们要甜的还是咸的，咸的估计不习惯，就要了甜的，用一个两磅的小暖瓶盛着。还要了奶酪拌的面疙瘩，要了油炸的牛肉土豆。油炸的牛肉土豆很好吃，酥油茶觉得味道也可以，只是要多喝就受不了，那碗奶酪拌的面疙瘩，就不对口味了，吃了一两口就不想再吃。一行四人还喝了啤酒和饮料，一共70多元，价格和吃川菜差不多。

藏餐馆里大都是藏族人，大家都吃得很安静，气氛和汉人餐馆常见的高声喧哗、猜拳行令完全两样。就餐的藏族人对我们也很友善。我们进去时一看座位已经满了，刚一犹豫要不要另找一家时，一桌刚吃完的藏民马上就站起来让我们，还微笑着朝我们双手合十。

藏族人都要点酥油茶，但他们似乎也很爱吃汉人的食品。我看不少人都点了包子和面条。他们静静地就餐，吃完了就静静地坐着休息，外面就是熙熙攘攘的八廓街，人来人往。摊铺一个连着一个，都在卖各种藏族饰品，也有人用手推车推着香蕉和苹果在卖，原来拉萨也有很多外地来的水果。街上人声嘈杂，可餐馆里却静得有点儿神秘，坐在那里呆呆地望着窗外，我不禁在想，当年仓央嘉措偷偷溜下布达拉宫来这里冶游时，街上会这样热闹吗？

––3––

照“仓央嘉措情歌”中的描述，当年这位达赖喇嘛经常偷偷跑出布达拉宫来到拉萨街头，不仅是猎艳，有时直接就是到娼家去，就像这一首：

若当垆的女子不死，
酒是喝不尽的。
我少年寄身之所，

的确可以在这里。

70 多年前于道泉先生最早用汉语和英语翻译了“仓央嘉措情歌”，我这里所引用的，都是于道泉先生的译文。于道泉先生当年还对这首情歌作注说：“西藏的酒家多系娼家，当垆女多兼操神女生涯，或撮合痴男怨女使在酒家相会。”也就是说，情歌中“少年的我”，是常常寄身娼家，或者通过酒家女做皮条客，在酒家和女子幽会的。另一首“仓央嘉措情歌”，就说得更坦诚：

人们说我的话，
我心中承认是对的。
我少年琐碎的脚步，
曾到女店东家里去过。

不仅如此，做了风流事的“少年的我”，还写诗和她们开玩笑，要撮合男女幽会的酒家女，做了“好事”，就要把“好事”做到底：

情人邂逅相遇，
被当垆的女子撮合。
若出了是非和债务，
你要负担他们的生活费啊。

这位风流喇嘛仓央嘉措，还真是个情种。如他所言，他学佛法时总是学不进去，心中萦绕的，是男女情事：

我默想喇嘛的脸儿，
心中却不能显现；
我不想爱人的脸儿，
心中却清楚地看见。

而在眉目传情方面，他却很老到，一下子就看透并抓住了少女的心：

我向露了白齿微笑的女子们的座位，
普遍地看了一眼，
一人羞涩的目光流转时，
从眼角间射到我少年的脸上。

这确实是一个猎艳高手。不过，这个高手，似乎也有被少女甩了的时候。“仓央嘉措情歌”中就有这样一首：

彼女不是母亲生的，
是桃树上长的吧？
伊对一人的爱情，
比桃花凋谢得还快呢！

看来猎艳高手，也有情场上的失意、脆弱和感伤。

但或许正是有了这种失意，“仓央嘉措”情歌中的情感历程，才更加生动丰富。或许真要有常常夜不归宿的偷情经历，才能把幽会后的别离写得如此真切而又平实：

将帽子戴在头上，
将发辫抛在背后。
说：“请慢慢地走。”
说：“请慢慢地住。”
问：“你心中是否悲伤？”
答：“不久就要相会！”

－ －4－ －

大昭寺边八廓街的一个拐角上，在一座黄色小楼的二楼，有著名的“玛吉阿米”餐馆。这个餐馆的名字，直接来源于那首“仓央嘉措情歌”——“在那东山顶上，升起了白白的月亮，玛吉阿米的面容，浮现在我的心上。”其中的“玛吉阿米”，在藏语中的本意是“未生育的母亲”，但在最初被译为汉语时，这“玛吉阿米”被翻译为“姑娘”或“少女”，再后来，则被理解为一位“姑娘”或“少女”的名字。人们传说，当年达赖喇嘛仓央嘉措的一个情人，就叫“玛吉阿米”，就住在这座楼上，身为达赖喇嘛的仓央嘉措，常常潜出布达拉宫，到这里来和情人幽会。

虽然也强调藏族色彩，但整个“玛吉阿米”餐馆的风格，和内地的酒吧比较相像，除了卖藏餐，也有牛排类的西餐，还卖咖啡、柠檬茶，这里的价钱比一般的藏餐馆贵，当地人是不大会到这样的地方来就餐的，里面的客人，大都是内地来的游客和世界各地来的老外，男男女女都有，好像女的还要多一些。想不起来是在哪里读到过这样的话：在西藏的酒吧中，男的都是来寻找刺激的，女的都是些受过刺激的。

看到几个藏族男子，穿着节日盛装，上面饰品很多，可能是等会儿要在这里唱歌的歌手。

“玛吉阿米”餐馆的生意不错。听说在北京和昆明，都还有连锁店。看来餐馆的老板，很巧妙地利用了“仓央嘉措情歌”这一藏地情歌文化。

在餐馆门口的墙壁上，贴满了客人留言的纸条。一行一行的，有的是客人默写的“仓央嘉措情歌”，有的是客人自己写的“仿仓央嘉措情歌”，五花八门。门边的架子上还放着几大本留言簿，其中的一条让人印象很深：“在玛吉阿米，你会觉得每个人都是你前世的情人。”

望着映衬在夜空中的布达拉宫的轮廓，再看看灯红酒绿、男男女女来来往往的八廓街，真的有点心旌摇荡，心神往之“情僧”仓央嘉措风流诗意的逍遥生活。

四、“仓央嘉措情歌”进入汉语世界，才七十多年

——1——

说起来，藏族以外的人们知道“仓央嘉措情歌”，迄今也才七十多年。1930年，当时担任国立中央研究院历史语言研究所研究助理的于道泉先生，翻译了这些情歌并命名为《第六代达赖喇嘛仓央嘉措情歌》，在北京出版。这本小书是国立中央研究院历史语言研究所单刊甲种之五，由藏原文、汉译文、英译文和国际音标注音四部分组成，其中的国际音标部分，还是由著名的语言学家赵元任注的音。从这个时候起，汉语世界和英语世界的读者，才接触到了“仓央嘉措情歌”。

这部小书得以出版，说来还有点戏剧性。1924年，于道泉先生从济南到北京，跟着当时在北京大学任教的帝俄科学院的院士钢和泰学习梵文和藏文。为了学好藏文，于先生设法认识了在北京雍和宫北侧大门居住的几位藏胞，到他们那里借了一间房，和他们一起住。当时，西藏的达赖和清廷间有一种规定，达赖方面要派三位僧官常驻北京。这三位僧官的职位一是“小堪布”，一是“知客”，一是“翻译官”。当时的“小堪布”是一位名叫顿珠的僧官，“知客”的名字叫做降巴曲旺，翻译官是楚称丹增。于道泉先生就是在这里，见到了藏文版的“仓央

嘉措情歌”。

据于先生说，这本书本就是藏族民间的通俗读物之一，里面的佛教术语和文学典故不多，经过藏族朋友的讲解，他大都能懂。还在济南读大学的时候，于道泉先生因一个偶然的原因结识了著名的新文学家许地山先生，1926 年，许地山先生从英国留学回来后，在燕京大学任教，他们不时见面。许地山先生知道于先生懂藏文，又知道了有这样一本诗集，就鼓励于先生把它翻译出来，还说可以为于先生找到发表的地方。于道泉先生把诗集翻译出来后交给许地山先生，许先生还作了润色。但于道泉先生觉得还需再琢磨，发表的事就暂时搁置下来。

后来，于先生到历史语言所做研究助理，他本人的兴趣是想编一部汉藏词典，但在所里说话很有分量的陈寅恪教授觉得当时才二十几岁的他不能胜任，不同意由他来编。这样于道泉先生每天上班无所事事，晚上在家里自个儿编词典到深夜。时间长了，所里的领导不满意了，面对有可能丢掉饭碗的压力，于先生才把这部他早已经译好的文稿拿出来交给了所长傅斯年，算是他在历史所工作一年的成果。没想到得到了所里的认可，所里的大教授、著名的语言学家赵元任先生也很感兴趣，还专门为这些藏文情歌作了国际音标注音和精要的说明。1930 年，这份译稿作为历史语言所的研究成果出版，“仓央嘉措情歌”很快即在汉语世界传播开来。于道泉先生晚年回忆说，要不是因为当时碰到了这样的生活压力，还真不知道这份书稿后来会是什么样的命运。

就是从于道泉先生的这部译稿开始，这些诗歌被命名为“情歌”；也是从于道泉先生的这部译稿开始，汉语世界的读者才开始了解到，原来这位身为宗教领袖的达赖喇嘛，还是一位擅长写情歌的风流情僧。于道泉先生在《译者小引》中介绍说：“仓央嘉措年岁渐长以后，乃成了一位多情多欲放荡不羁的风流少年。他不安于遵守清规，却去修饰布达拉的宫室林苑，并沉湎于醇酒妇人。有时变装易名，到拉萨城中去寻芳猎艳，即在布达拉山后新建的龙宫游苑中也做出了不少的风流事。”

于先生这样介绍也并非空穴来风。在藏族民众的传说中，这位仓央嘉措确实是一个风流的达赖喇嘛。于先生在《译者小引》中还说：“藏族人民一致地承认这位神圣的教皇是这些爱情之歌的作者。”七十多年来，达赖喇嘛仓央嘉措和他的诗歌，都是被人们当作“情僧”和“情歌”来看待的。

— —2— —

旅馆的服务员告诉我们，每天进入布达拉宫参观的人数控制在900人以内，都是当天上午售票，得早早去排队。还说，过去门票要100元，现在因为刚闹过“非典”，人少，门票只要50元，再过几天，就又要恢复100元了。

我们还是睡够了才起来，“打的”到布达拉宫下面的售票处时已经九点多了，那天还下着大雨，的士司机说，拉萨很少下这样大的雨。

售票处门前排的队列倒不算太长，也就一百多米。只是队列的后面井然有序，前面靠近票亭的地方，却是乱作一团。也看见一两个警察在那里，却毫无作用。搭过我们车的那位英语女教师，五点钟就来了，离票亭也还有五十多米。

我有点奇怪，就问她那小伙子呢。她说，联系不上了。

我没有再问，不知道他们是真的联系不上了，还是不想再联系了。

公路边的藏族村落

抬头仰望布达拉宫，这确实是一所雄伟的宫殿。听说，达赖喇嘛的卧室，就在布达拉宫的正高处，可以俯瞰整个拉萨城。还听说，卧室后面的厅堂里，供着康熙皇帝的画像。这倒让我想起，在白马雪山的一个垭口，我们曾经到路边不远处一座藏民的帐篷里去喝酥油茶，帐篷里住着一对藏族夫妻，四周散放着他们的牛羊。我们只要了一小碗先尝一下，咸的，不太适应，四个人勉强把它喝完。藏民不要钱，我们还是留下了两元钱。

我记得，就在这座经常移动的帐篷里，也挂着两张一尺见方的画像，一张是十世班禅，一张是毛泽东主席。

在布达拉宫里，还有历代达赖喇嘛的灵塔，塔里有达赖喇嘛的真身。藏传佛教的习俗，达赖喇嘛圆寂后，用各种藏药浸泡干制遗体，外面涂以黄金，制成真身放在灵塔中，世代长存。西藏气候寒冷干燥，也藏得住。

但我知道，宫中没有六世达赖喇嘛仓央嘉措的灵塔。因为权力斗争，掌握西藏实权的蒙古“拉藏汗”在诛杀了西藏世俗政务官“第巴”桑结嘉措之后，上奏清廷说仓央嘉措是不守清规的假达赖，要求废黜。清廷下旨，将仓央嘉措“执献京师”，年仅 25 岁的仓央嘉措，后来病死在押往京师的路上。因为犯的是叛逆罪，按当时的习俗，“抛其尸骸”，尸骨无收。

我们在队列里排了一个多小时，几乎就没有朝前移动。一位藏族妇女过来对我们说，她替我们排队，保证到中午 12 点之前，会给我们买到票，但每张票要 100 元，而票价上是 50 元。一看就知道她是专门在这里做这行的，付出了辛苦挣点钱，也说得过去，只是我觉得前面乱哄哄的，她未必就能排进去，也就没有答应。

队列边有好多票贩子。穿着时装，有的看起来像汉人，有的看起来像藏人，手里都拿着好多票。按挂在售票处墙上的规定，每个排队者只能买两张。有的票贩子手里竟然有一沓票，不下 100 张。

令人不可思议的是，这些票贩子为了让我们相信这些票是真的，打消我们购买的顾虑，有的竟然拿出工作证来，表明自己是公务员，票不会是假的。有一个票贩子，穿的是便衣，竟然拿出一个警官证来，表明自己是警官，那意思似乎是说，警官总不会骗人了吧?!

更令人气愤的是，这帮人操着蹩脚的英语向老外兜售时，要的是“汪喊最的”（100元），可对我们，竟然要150元!

我们离开了布达拉宫，没有进去。

——3——

从布达拉宫广场往东走，有一条宽阔的街道，有绿地、花圃、漂亮的路灯，两边是高大的楼房、银行、邮局、百货商厦，和国内大中城市的主要街道没有多大区别，一直通到熙熙攘攘的八廓街，通到大昭寺。

在一家很大的超市，我原本想买一条林芝毛纺厂的毯子。我知道，60年代曾经从上海迁了一家毛纺厂到林芝，利用那里盛产的牛羊毛生产的毛毯很有名。只是拿过来看了一下，觉得体积太大，我们的车已经装得很满了，只好作罢。我们买了几盒速溶的酥油茶，雪域牌的，还买了一大包湿纸巾，要是路上住小旅馆用水不便，可以用来擦手擦脸。

这里也和内地的大超市一样，各种东西应有尽有。

八廓街就环绕着大昭寺。整个八廓街，都是形形色色的小商品市场，有的卖很贵的虫草和绿松石，有的卖便宜的唐卡或渡了层铜的转经轮。据说，这些民族风格鲜明的藏饰，大都是在广东东莞生产的，然后再运到西藏来卖，在这边才更有销路。看得出来，这里卖藏饰小摊的摊主有好多是汉族人。

路边有人推着手推车卖香蕉，这当然也是从外地运来的。整个西藏，似乎种不出香蕉。一说话，就听出小贩是四川人。在西藏，我们碰到的汉人大都是四川人。开小吃店的、开出租车的、修车的，不管是在拉萨或是小镇的路边，真是四川人哪儿都是。这也正常，四川本就紧挨着西藏，人又多。再说，当年解放军进藏的部队，就是从四川内江开进来的 18 军，后来好多人退伍复员后都留在了西藏。乡里乡亲的相互招呼，或许就形成了四川人不断进藏的传统了。

我在一个藏族人的小摊上，看中了一个脸盘大小的铜盘子，上面压满了特殊的藏式花纹，中间是头牦牛。围绕着这头牦牛的一些花饰也很有意思，有经卷，有琵琶样的琴，还有匕首。

对这盘子我很满意，45 元一个，我想多买几个回去送人。摊上只有两个，摊主用藏语和旁边的一个小伙子说了几句，小伙子跑着回去拿了。

就在我等盘子的时候，有两个藏族小女孩从背后用手轻捅我的手臂，她俩穿着民族服装，脚上却都是绿色的解放鞋，她们不是乞丐，十来岁的样子，脸上有两团特有的高原红。她俩看着我不说话，说了我也听不懂。她俩用手指着我提着的塑料袋，里面还有两根没吃完的香蕉。

我把香蕉递过去，一个女孩接过来，顺手就把塑料袋扔在广场上，一人一根香蕉，剥开皮，吃着走了。

——4——

在大昭寺正面的围墙外，有一处是专门让人磕头的地方，许许多多的藏人在那里磕头。不是汉人三跪九叩那样的磕头，他们每磕一个，都要把身体完全放平了匍匐在地上。据说是磕的多，功德就多。有的藏民似乎是专门在这磕头的，手上戴着木制的护掌，身上围着皮制的围裙。会有游客和这些虔诚磕头的藏民一起照相，然后给他们点零钱。他们也收，手上大都拿着一把零票。

大昭寺前磕头的人们

听说在大昭寺里有欢喜佛像，很想进去看看。

欢喜佛是藏传佛教密宗才供奉的佛，佛像呈男女瑜伽式相拥的交媾状。按佛教中的说法，其中的男性为明王，女性为明妃。有的欢喜佛像，男女皆呈宁静欢喜样；有的欢喜佛，则是男性明王面目狰狞，女性明妃妩媚多姿。明王那凶恶的面目不仅是用来吓退外界的妖魔的，更主要的是用来对付自身内部的“孽障”的。而与这看似残暴的明王合为一体的妩媚多姿的明妃，则是明王修行时必不可少的伙伴。她在修行中的作用，按佛经上的话来说是“先以欲勾之，后令入佛智”。欢喜佛合抱交媾像中，明妃搂抱明王头部，一足围绕其腰，正是所谓“大乐”形式。她以爱欲供奉残暴的神魔，使之受到感化，然后再把他引到佛的境界中来。

这样的说法也是有来历的。印度密教中就有这样的传说：崇尚婆罗门教的国王“毗那夜迦”残忍成性，杀戮佛教徒，释迦牟尼派信徒化为美女和“毗那夜迦”交媾，醉于女色的“毗那夜迦”终为美女所征服而皈依佛教，成为佛坛上众金刚的主尊。

也有人说，密宗所供奉的欢喜佛，是一种修炼的“调心工具”和培植佛性的“机缘”。供奉欢喜佛，对着欢喜佛“观形鉴视”，渐渐习以为常，多见少怪，欲念之心自然消除。佛教教义认为“色即是空，空即是色，色不异空，空不异色”，因而“观鉴”欢喜佛，利用“空乐双运”产生了悟空性，即可达到“以欲制欲”的目的。

以上两种对欢喜佛寓意的解释，似乎都太现实功利了些。其实，对男女欢好在佛性修炼中的作用，佛教密宗有自己更加

"形而上"的解释。在密宗看来，彼岸的超验智慧"般若"代表女性的创造活力，另一种修炼方式"方便"代表男性的创造活力，分别以女阴的变形莲花和男根的变形金刚杵为象征，通过想象的阴阳交媾和真实的瑜伽方式的男女交欢，亲证"般若"与"方便"融为一体的极乐涅槃境界。这才是"欢喜佛"的宗教寓意。

或许正因为有这样的教义，藏族民众对身为达赖喇嘛的仓央嘉措的风流不羁，持一种宽容甚至是欣赏和偏爱的态度。于道泉先生在《译者小引》中就曾说过，藏族友人告诉他，一本关于仓央嘉措的传记中有这样的说法，仓央嘉措"没有女子作伴，从来未曾睡过；虽有女子作伴，从来未有沾染"。他放荡的生活不过是"游戏三昧"，未破戒体。对此，"许多西藏人民都信以为真"。又说在蒙古"拉藏汗"诛杀了桑结嘉措后，又要废黜仓央嘉措，说他风流不羁、沉溺女色、不守清规，是假达赖。"拉藏汗"召集拉萨三大寺的大喇嘛开会，但"大多数的喇嘛只说仓央嘉措行为不检，乃因'迷失菩提'之故，却无一人敢表示愿意废黜达赖，且无一人以达赖为伪"。

来到大昭寺门口，人很多，都是要进去参观的人。只是没有人维持秩序，大家不排队，一团人拥在那里。也没有卖票的地方，四五个喇嘛守在门口，直接收现金。50块！每人50块！喇嘛们说的普通话带点四川腔调，手里都捏着一大把钱。

我们又离开了大昭寺，没有进去。

- -5- -

这些年来，“仓央嘉措情歌”的影响越来越大。有的“仓央嘉措情歌”，已经被改编为流行歌曲在全国各地广为传唱。就像这一首：“在那东山顶上，升起了皎洁的月亮，美丽姑娘的面容，浮现在我的心间。如果不曾相见，人们就不会相恋，如果不曾相知，怎会受着相思的熬煎。”而我在前面说过的那一首“仓央嘉措情歌”——《那一天、那一月、那一年、那一世》，还是朋友用手机短信发给我的。

然而在藏文中，所谓“仓央嘉措情歌”，本意是“仓央嘉措道歌”或“仓央嘉措诗集”，没有“仓央嘉措情歌”的写法。有懂藏文的学者说，正因为“诗歌”和“道歌”被译成了“情歌”，这种“先入之见”妨碍了人们对仓央嘉措诗歌的理解。例如：“从东边的山尖上，白亮的月儿出来了。‘未生娘’底脸儿，在心中渐渐地显现。”诗中被于道泉先生翻译为“未生娘”的“玛吉阿米”一词，是不能理解为少女、姑娘或佳人的，“玛吉阿米”在藏语中的本意是“未生育的母亲”，后面的“脸”用了藏语特有的敬语“面容”，因此，这里指的是菩萨的尊相而不是恋人的脸颊，因而这首诗也就不是思念恋人的“情歌”，而是观想本尊的“道歌”。

还有懂得汉藏语言的藏族学者指出，今天流行歌曲中吟唱的“仓央嘉措情歌”中的这一段：“如果不曾相见，人们就不会相恋，如果不曾相知，怎会受着相思的熬煎”，没有尊重这首“道歌”的本意。贴近原文的译法应当是这样的：“第一最好不发现，免得不由迷上它。第二最好不谙习，免得以后受煎熬”，也就是说，这首“道歌”表达的，是对佛法研习的感受和心得。

我想，就算这两首诗真的是“道歌”，就算人们从“情僧”和“情歌”的“先入之见”出发，把一些仓央嘉措的“道歌”曲解成了“情歌”，但只要仔细阅读《仓央嘉措情歌》就不难发现，其中的绝大多数诗歌，确实还是“情歌”，而且咏唱的大都是不合宗教戒律、恣意偷情幽会的“不法之情”，前面我们所引述的那些情歌，就是这样的。藏族民间传说这些诗篇是风流的达赖喇嘛仓央嘉措所写，当初于道泉先生将其译为“情歌”，今天绝大多数的人们也把它们看作“情歌”，是有道理的。事实上，人们之所以关注、看重仓央嘉措的诗歌，也是因为它的主要内容是“情歌”。

倒是有学者把问题引向了另一面：这些“仓央嘉措情歌”，到底是不是六世达赖喇嘛仓央嘉措的作品？

在藏族民间传说中，人们一直以为这些“情歌”为六世达赖喇嘛仓央嘉措所作。自“仓央嘉措情歌”被翻译介绍到汉语世界中来，读者和研究者基本都认同这一前提。一些懂得藏语的学者认为应当将这些诗歌理解为“道歌”而不是“情歌”，即便如此，他们也不否认这些诗歌是仓央嘉措的作品。

其实，这些“情歌”到底是不是六世达赖喇嘛仓央嘉措的作品，当初向汉语读者翻译介绍这些“情歌”的于道泉先生也没有完全肯定。他在《译者小引》的开头即说：“下边这六十二节歌，据西藏朋友说是第六代达赖喇嘛仓央嘉措所作。是否是这位喇嘛教皇所作，或到底有几节是他所作，我们现在都无从考证。”也就是说，这些情歌究竟是不是仓央嘉措所写，并没有确凿的证据，一切不过是传说而已。

- -6- -

西藏社科院的蓝国华先生就明确否定这些“情歌”是仓央嘉措的作品。我看到他在《西藏研究》上发表了《仓央嘉措写作情歌真伪辨》的文章，把情歌的思想倾向和当时的政治文化环境结合起来作了细致的分析，认为作为宗教领袖达赖喇嘛，又处于“第巴”桑结嘉措和蒙古“拉藏汗”权力斗争漩涡中的仓央嘉措，不可能拥有情歌中所写的那种肆无忌惮的夜生活，也不可能写有那些情歌。

这样的分析是很有道理的，但蓝先生的结论也让人生疑。他竟然认为那些“情歌”，是“拉藏汗”为了陷害指控仓央嘉措为不守清规的假达赖，而作伪并“栽赃”到仓央嘉措身上的。这样的推测性结论，没有信史记载的支持，难免就显得武断，从情理上说，也不大可信。掌握着当时西藏实权的蒙古“拉藏汗”要陷害仓央嘉措，如果他真是浪子，“捉奸见双”抓个“现行”就行了；如果不是，欲加之罪，何患无辞？即便真要以“情歌”陷害，用两三首也就足以定罪了，用不着费事写那么多。政治权力斗争，想来不会这么委婉精致。

那么，这些“情歌”到底是不是仓央嘉措的作品？

“仓央嘉措情歌”收集整理过程中的一个现象，是饶有意味的，即越往后，收集到的“仓央嘉措情歌”就越多。据研究“仓央嘉措情歌”的佟锦华先生统计，辑录成册的《仓央嘉措情歌》，1930 年刊行的于道泉藏、汉、英对照译本有 62 首，50 年代前已流传的拉萨藏式木刻长条本有 57 首，50 年代后期，西藏自治区文化局也收集整理编印了一本《仓央嘉措情歌》，有 66 首，篇目和数量大致差不多。但到了 80 年代后，情况就不一样了。1980 年，青海民族出版社出版的《仓央嘉措情歌》，收了 74 首；1981 年民族出版社出的本子，则一下子陡增到 124 首；据说，在民间还有 440 多首的藏文手抄本，甚至还有 1000 多首的。80 年代初，一直关注研究“仓央嘉措情歌”的庄晶先生也说过，在中央民族大学有 360 多首的藏文手抄本。刘家驹先生在他收集整理的《康藏滇边歌谣集》的自序中还说：“第六世达赖仓央嘉措赤裸裸的情歌，刻印发行，昔不满百首，现今流行到民间的歌谣，不下几万言，不同的曲调和舞法，也有数百种。”

琢磨这一现象，也许我们就不难分辨这些情歌的真伪了。

信史记载，仓央嘉措 15 岁到拉萨正式“坐床”，成为达赖喇嘛履行宗教领袖尊位，25 岁时死在“执献京师”途中的青海境内。在他年轻短暂的生命中，写下六七十首诗歌尚属可信，写下几百首、上千首、“几万言”，就有些令人难以置信了。由此我们可以确定，那些后来越收集越多的“仓央嘉措情歌”，不过是后人的托附。既然存在这样的托附现象，最初于道泉先生所翻译的 62 首，也未必就都是仓央嘉措的作品。由此我们可以说，现今流传的所谓“仓央嘉措情歌”，虽然不能确定完全不是仓央嘉措的作品，但至少可以确定不完全是他的作品。

问题跟着也就来了：人们为什么要把本不是仓央嘉措创作的情歌，托附在仓央嘉措的名下呢？

——7——

或许是觉得于道泉先生用白话翻译的“仓央嘉措情歌”不够“雅顺”吧。1939年，曾缄先生用旧体诗的形式重新翻译了“仓央嘉措情歌”，他不仅在后面所附的“略传”中将仓央嘉措的风流行为又作了着力的渲染，还热情地赞叹说：“故仓央嘉措者，佛教之罪人，词坛之功臣，卫道者之所疾首，而言情者之所归命也。”他认为“西极苦寒”，在藏区那样艰苦的生存环境中，“千佛出世，不如一诗圣诞生。世有达人，必去彼取此”。谓宗教信仰，还不如情歌能给予人更多的安慰，两者之中，明白人更愿意选择后者。

2000年第3期的《中国民族博览》，向读者介绍了《六世达赖喇嘛仓央嘉措的情歌》，编者在前面还加了一段话评述说：“藏族是百分之百信仰佛教的民族，但无论男女老幼人人都会唱并且爱唱仓央嘉措的情歌。在这种不可思议的矛盾现象之中，大概深藏着一种历史的均势和人生的真实。近似于苦行的宗教是信仰，是来世的寄托，而情感，尤其是情爱，则更让人感受到现世生活的温馨和抚慰。”

这倒说明了“情歌”对于藏族民众的重要性，以及藏族民众为什么喜爱“情歌”。其中提到的“这种不可思议的矛盾现象”，值得我们关注。

在现实生活中，人们离不开男女情爱，要享受男女情爱，在苦寒的生存环境中，就更是如此，这是生活的本真需求。可是这一生活的本真需求，又和藏族民众普遍信仰的佛教禁欲戒律相冲突。这回避不开的男女情爱，在全民信教的藏文化环境中，就成为一种具有争议性的人间情感。这一情感既是人们生活的追求和安慰，也引发人们有悖教规的困扰和焦虑。如何既要拥有这一现世人生安慰，又可解除其中的困扰和焦虑，即成为人们必须面对的一个人生难题。

在西藏诸多的佛教教派中，有的有严格的禁欲戒律，有的则可以娶妻生子，过世俗生活。后者一方面显现了佛教戒律对生活需求的妥协，另一方面也隐含了人们在二者冲突中的困扰和焦虑。相应地，藏族民众喜爱的情歌，一方面是生活需求的展现和肯定，另一方面也是生活需求和宗教戒律冲突中，人们困扰和焦虑的释放和解脱，而将人们喜爱的情歌托附在仓央嘉措的名下，则是释放和解脱这一困扰和焦虑的有效方式。

人类历史上把某些品行托附在圣贤甚至是想象出来的圣贤身上，是常见的文化现象。由此可使这些品行获得权威性和神圣性，得到人们的认同和皈依。以汉民族为例，关羽忠义凛然的传说、诸葛亮足智多谋的传说、包公清正廉明的传说、杨家将精忠报国的传说等，都是这样。这些传说的共同特点，就是将人们推崇和期待的品行，想象性地托附在圣贤人物身上，以此强化这些品行的权威性和神圣性，使其成为人们学习的榜样和敬畏信仰的对象。

把人们推崇和期待的品行托附在圣贤身上，使其成为自己学习皈依的对象，如果说这是汉族民众常用的一种托附方式的话，那么藏族民众把不是仓央嘉措的“情歌”归到他的名下，则是用了另一种托附方式：把自己世俗的品行，说成是圣贤的品行，以二者间的相通达到自我辩解和自我确证的目的。具体地说，就是把在全民信佛的藏文化中令人困扰的男女情爱，说成是受人敬畏爱戴的宗教领袖达赖喇嘛也具有并追求的人间情感，以此赋予这一人间情感以合理性和合法性，释放解脱因这一情感追求和宗教戒律相冲突而引发的困扰和焦虑。

这样说不是没有依据的。下面这首藏族民众喜爱并广为传唱的西藏民歌，为这一解脱方式及其意图作了很好的阐释：

喇嘛仓央嘉措
别怪他风流浪荡
他所追寻的
和我们没有两样

据说这是三百年来传唱不息的一首民歌。由此可见，藏族民众确实是把自己世俗的品行和圣贤（达赖喇嘛）仓央嘉措的品行作了等同，以此自我辩解、自我确证，释放追求男女情爱而有悖教规的困扰，解脱可能因此被视为“放荡”的焦虑。本不是仓央嘉措所写的“情歌”，就是因为这样的原因，被托附在达赖喇嘛仓央嘉措的名下。

五、仓央嘉措的生死之谜

— —1— —

8 月 16 日，我们离开拉萨，开着吉普车，沿青藏公路一路往北，经当雄、那曲、安多，翻越唐古拉山口，就进入了青海地界。在当雄，我们还岔往西北，去了著名的圣湖纳木错。

青藏公路沿线，也是古代进出西藏的一条通道。古代的行旅者用脚一步步地丈量大地，那些若隐若现的小路，往往也就是距离最近、相对好走的路途。现在的公路铁路，有好多都是参照着古老的通道勘测建设的。

公路边的汽修标志

这么说，我们今天出藏所走的青藏公路，或许和当年仓央嘉措被“执献京师”时走的路线差不多了？

《清圣祖实录》中记载，在蒙古“拉藏汗”诛杀桑结嘉措后，康熙皇帝封其为“翊法恭顺拉藏汗”。由此可以看出，清廷见事已至此，从政治大局考虑，认可了这次权力争斗的结果，又下诏将仓央嘉措“执献京师”。史书记述中说他是“假达赖”，由此又可看出，清廷还认可了“拉藏汗”要废黜仓央嘉措的指控。

仓央嘉措被“执献京师”离开拉萨时的情景，于道泉先生当年在《译者小引》中是这么说的：“拉藏汗乃取得康熙皇帝之同意，决以武力废新达赖而置之于死地。即以皇帝诏，使仓央嘉措往北京，而以蒙古卫兵和一心腹大臣伴行。路过哲蚌寺前，寺中喇嘛出卫兵不意，将仓央嘉措劫去。卫兵遂与寺中喇嘛开战，攻破哲蚌寺，复将仓央嘉措夺回。康熙四十五年（1706 年）仓央嘉措年 24 岁，在纳革雏喀被杀。”

显然，这些情况是向他传授藏语并介绍了仓央嘉措情歌的藏族朋友告诉他的。这是在藏族民间普遍流传的说法。《七世达赖传》中述及这一段时是这么说的：“拉藏汗等施以种种诡计，将达赖喇嘛仓央嘉措‘迎请’到汉地。火狗年（1706 年）五月十七日，当仓央嘉措从拉鲁嘎才出行时，无数信仰达赖的众生，信仰之力使他们眼泪涌出，泪洗面颊。当在人们请求达赖为一切众生祈祷之乞求声中，达赖身前供满了数不清的洁白哈达。”走到哲蚌寺时，“僧侣们含着眼泪，在一片祈请声中，舍命从蒙古人手中抢走仓央嘉措，迎至甘丹颇章，拉藏汗闻之，即调兵攻打。其时，仓央嘉措起不忍之心，说‘生死对我已无什么损失’。言罢，无所畏惧地前往蒙古军中”。

由此可以看出两点：一是仓央嘉措离开拉萨，是被强制的；二是仓央嘉措深得藏族僧侣的爱戴，他们试图舍命从蒙古人手中营救仓央嘉措，终因实力悬殊而无可奈何。

关于仓央嘉措的生死，汉文史书中有相关的记载。《清圣祖实录》中说：“康熙四十五年理藩院题，驻扎西宁喇嘛商南多尔济报称，拉藏送来假达赖喇嘛，行至西宁口外病故。”《清史稿》中说：“四十四年桑结以拉藏汗终为己害，谋毒之，未遂，欲以兵逐之。拉藏汗聚众讨诛桑结。诏封为翊法恭顺拉藏汗。因奏废桑结所立达赖，诏送京师。行至青海道死，以其俗，行事悖乱者抛其尸骸。卒年二十五。时康熙四十六年。”也就是说，仓央嘉措病死在路上，因为犯的是“悖乱罪”，以当时的习俗，不收尸体。虽然在时间上有一年的差异，但这些信史的记载，应当是可信的。

可是就在这些信史记载的仓央嘉措死后50年，也就是藏历火牛年（1757年），出现了一本《仓央嘉措秘传》，这本藏文资料的出现，使得仓央嘉措的结局，变得扑朔迷离了。

这本藏文秘传的全称是“一切知语自在法称祥妙本生记殊异圣行妙音天界琵琶音”，但在每页的书眉处，都有“仓央嘉措秘传”的字样。按秘传中的说法，仓央嘉措被“执献京师”，并没有得到清廷的认可，而是拉藏汗的阴谋。《仓央嘉措秘传》中说：“火猪年（1707年）秋天，将二十五岁的仓央嘉措迎往内地，当行至兑如错纳时，康熙皇帝谕旨，严斥金字使者喇嘛及阿南卡：‘汝等曾否思之，所迎之六世达赖将置何处？如何供养？’金字使者及诸首领惊恐万分，预感生命难保，祈请仓央嘉措遁身逃走，想以此卸责。但仓央嘉措怒斥道：‘汝等与拉藏汗是如何商议的？如今我如不抵达文殊皇帝皇宫的金门槛亲觐皇帝，我决不返回’。”

后来使者试图加害于仓央嘉措，在考察了“缘起”之后，仓央嘉措同意“深夜遁去”，使者则向清廷假报“圆寂”。其后，仓央嘉措游历甘、青、康、藏、川等藏区，到过尼泊尔和印度，其间还经历千难万险回到拉萨，不时被人们认出，都被他遮掩过去。最后他按佛法预示到北方普度苍生，在蒙古阿拉善地区定居传法。后又到过北京，为王府做法事。他在阿拉善地区广施善举，且不时显露超人的法力，人们都来皈依布施。后来仓央嘉措在阿拉善兴建了庙宇，最后在广宗寺圆寂。

在信奉喇嘛教的蒙藏民众中，人们普遍相信这一说法。后来法尊法师所著的《西藏民族政教史》中即说：“次因藏王佛海与蒙古拉桑王不睦，佛海遇害。康熙命钦使到藏调节办理，拉桑复以种种谗言谤毁，钦使无可如何，乃迎大师进京请旨。行至青海地界时，皇上降旨责钦使办理不善，钦使进退维艰之时，大师乃舍弃名位决然遁去。周游印度、尼泊尔、康、藏、甘、青、蒙古等处，弘法利生，事业无边。尔时钦差只好呈报圆寂，一场公案，乃告结束。”

– –2– –

那么多的圣贤（达赖喇嘛）中，为什么就偏偏选中仓央嘉措来托附情歌呢？有关仓央嘉措的上述记载和传说，似乎也昭显了其中的缘由。

从历史上看，被人们托附品行的圣贤，除了具有权威性和神圣性之外，在情感上还要深得人们的爱戴。这样，被托附的品行，才在权威性和神圣性之外，又更具亲和力。身为达赖喇嘛而又命运多蹇的仓央嘉措，无疑具备这两方面的条件。

仓央嘉措是由西藏世俗政务官“第巴”桑结嘉措选定而又秘而不宣的五世达赖的“转世灵童”，15 岁才到拉萨“坐床”，被正式认定。由于桑结嘉措和掌西藏实权的蒙古“拉藏汗”不和，仓央嘉措深陷权力斗争的漩涡之中。在“拉藏汗”诛杀了桑结嘉措后，仓央嘉措也被视为“假达赖”被废黜并“执献京师”，行至青海时病故，年仅 25 岁（康熙四十六年，公元 1707 年）。可以说，仓央嘉措是“第巴”桑结嘉措和蒙古“拉藏汗”争权夺利的受害者和牺牲品，年纪轻轻即因权力斗争而客死他乡，尸骨无收。

就一般的情理而言，这样的弱者和无辜者，最易得到人们的同情。更应当注意的是，达赖喇嘛是藏族民众的宗教领袖，信仰的最高代表。在这样的境况下，藏族民众对仓央嘉措的同情中，就包含着民族尊严和民族情感，隐忍着对异族强权的拒绝和反抗。于道泉在《译者小引》中曾述及，“拉藏汗”召集拉萨的高层喇嘛开会，要废黜仓央嘉措这个不守清规的假达赖，可大喇嘛们说仓央嘉措不过是“性迷菩提”，没人同意“拉藏汗”的意见。仓央嘉措被“执献京师”路过哲蚌寺时，僧人们还舍命从蒙古兵手里将仓央嘉措抢入寺中。这一切，都显示了民族尊严和民族情感。正是这种包含着民族尊严和民族情感的同情，使得藏族民众对仓央嘉措有了一种特殊的爱戴之情。

如果说上述相关事件的记述还只是民间传说的话，那么，这种包含着民族尊严和民族情感的特殊爱戴之情，在信史记载中也体现出来。仓央嘉措死后，“拉藏汗”新立了一个达赖，在位12年，却得不到藏族民众的认可，在藏族民众心目中，仓央嘉措才是真达赖。在藏族文献中，“拉藏汗”新立的达赖被称为“门巴喇嘛”、“先生”、“阁下”或“执白莲者”，甚至直称“门巴人”，而对蒙藏人普遍承认的在理塘寻访到的仓央嘉措的“转世灵童”，则用达赖的一般尊称“旺杰”，意为“圣王”或“佛王”，由此可见人心向背。可以说，藏族民众对达赖喇嘛仓央嘉措融汇着民族尊严和民族情感的特殊爱戴之情，是他被选为情歌托附对象的一个重要原因。

在这样的基础上，从传播的逻辑上说，仓央嘉措成为情歌的托附对象，还应该有一个缘由，即他可能真有“情僧”的风流行为并真的写有“情歌”。庄晶先生在《仓央嘉措情歌及秘传》的“导言”中说，存有“藏王”桑结嘉措的手稿，记有仓央嘉措闾里风流、离经叛道的诸般行事。与仓央嘉措同时的《隆德喇嘛全集》中说他留下了经论和歌曲集，这些都是可信的记载。尽管记载中并没有说明这些歌曲是什么内容，但至少说明仓央嘉措的确有写作天赋并不排除写有情歌的可能性。由此看来，人们将仓央嘉措视为“情僧”，说他写有“情歌”，并不是空穴来风，在他身上托附情歌，也就有了缘由。《列隆吉仲日记》中说他“身穿绸缎便装，手戴戒指，头蓄长发，醉心歌舞宴游”。松巴堪布所著的《青海史》中说，1702年（康熙四十一年，藏历水马年）仓央嘉措在巡游日喀则时，向其师傅班禅罗桑益西送回僧衣以示退戒，只求保存世俗之权。这些后续的记载，源头可能即是桑结嘉措文稿中的相关内容，但也从另一个侧面显现出，此时仓央嘉措在有关记载中，已经是一个能写诗歌或情歌的“情僧”形象。

身为宗教领袖的六世达赖喇嘛客死他乡，尸骨无收，仓央嘉措生死的这一神秘性和不确定性，为其后《仓央嘉措秘传》中所述种种仓央嘉措并未死在青海的传说提供了缘由和叙说的可能。这样的传说，又为情歌的被托附和“情僧”及其“情歌”的传说，提供了多样的可能和广阔的叙说空间。也就是说，仓央嘉措身世的神秘性和不确定性，是人们在他身上述说并建立传奇性的基础。如果是一个一生的经历和写作都有详细记载的达赖喇嘛，少了身世的神秘性和不确定性，人们就难以在他身上展开想象的可能，传奇性就难以述说和建立，那些本不是他写的情歌，自然也就不可能托附到他身上去了。仓央嘉措特殊的身世和命运，为情歌的托附和“情僧”及其“情歌”的传说，奠定了发展“成熟”的基础，而于道泉先生在《译者小引》中所介绍的仓央嘉措的“情僧”行为和“情歌”写作，已经是在前述原因和缘由的基础上，关于仓央嘉措这一“情僧”及其“情歌”的能够彼此互证、自圆其说的“成熟”传说了。

六、为什么要伪托“仓央嘉措情歌”？

--1--

在当雄，我们往西面一条土路岔出去，去了70公里外的圣湖——纳木错。

下着小雨，路泥泞不堪，可车还不少，到纳木错去的，去了又回来的，来来往往的都有。除了好多旅行社的依维柯中巴车，一路上还有各式各样的越野车，以日本的丰田陆地巡洋舰居多。

往纳木错去的路上

往拉根山口爬时，海拔高，车子明显无力。会车时，上面下来的车激起大片泥浆溅到我们的挡风玻璃上，一时啥都看不见，得不停地喷水洗玻璃，没多会儿喷水壶里就喷不出水了。不得不在路边停下来加水。没办法，虽然心痛，还是把车里备着的饮用矿泉水，加了好多瓶到喷水壶里去。

爬上海拔5100米的拉根山口往纳木错湖边一望，不由得一阵惊呼。

山口阴雨绵绵，还夹杂着绿豆大的冰粒。一束阳光，却直射在远处的纳木错湖上，湖水湛蓝，湖边的草地金黄，雪山洁白，无比明亮。在藏语中，“纳木错”是“天上圣湖”的意思。

下了山口，距湖边还有一二十公里。要在柏油路上，那些丰田吉普车总是一溜烟就把我们撂在后面，可这一路都是坑坑洼洼的烂泥潭路，几辆丰田吉普车也不得不慢下来和我们的“战旗”吉普为伍，在烂泥路上蜿蜒而行。有几次，抓着机会，我们还很得意地超了几辆丰田吉普。一辆丰田吉普可能看出了我们的心思，紧跟着又把我们给超了。后来我们就你追我赶，一会我们的“战旗”吉普超了丰田吉普，一会丰田吉普又超了我们的“战旗”吉普，一直到湖边，可以说是打了个平手。我们挺得意，我们几万块钱买的“战旗”吉普和卖几十万块钱的丰田吉普，在烂路上差不多嘛。

这大概就是现代人在青藏高原上驰骋的乐趣了。现在即便是那些藏族牧民，也不是骑着马放牧了，大都是骑摩托车。一路上我看到冒着炊烟的帐篷旁，除了一两只藏獒外，总是有一两辆摩托车。

--2--

纳木错的水面海拔4718多米，是中国海拔最高的湖。纳木错碧透浩渺，是中国仅次于青海湖的第二大咸水湖。纳木错边是辽阔的草甸牧场，四周环绕着众多海拔7000米以上的雪山。

碧透的纳木错

湖水清得不得了，一粒粒细小的石子，随着浪花翻动。我用手指蘸了点水放到嘴里尝尝，真是咸的。很难想象，这么碧透的湖水，会是咸的。

纳木错的美难以言传。

回来的路上，快要到海拔5100多米的拉根山口时，也不知是为什么，车子突然熄了火，再也无法启动。

车外很冷，怕车子顺着坡道往下滑，我抱了个石头垫在车轮后面，一下子就喘得不行。掀开引擎盖，看半天也找不到原因。只好向过往车辆求援。

一辆辆丰田开过去，不停。我们也知道，这样的地方不好停的，不一鼓作气冲上去，弄不好自己的车也会爬不上去，启动不了的。

一辆出租车停下来，司机操着四川话：有工具没得？

后备箱里有。

我们要赶路啦！坐在车里的两个广东客说。

司机很为难。我们只好说你走吧。

又过来一辆丰田吉普，一个藏族司机。我们一招手，他就停下了。

虽说这条路是旅游热线，过往的车辆一辆又一辆，但大家都知道，等这些回程车过去，就再不会有车了，四周没有人烟。那时我已经在想，不能在这里过夜，会被冻死的。再过半小时要是拦不到车，就站在路中强行搭车，先到几十公里外的当雄县去，然后再请修理工来。

车子抛锚在海拔 5100 多米又冷又缺氧的山口上，确实有一种生死攸关的感觉。这个时候看到有人为你在又冷又陡的山口上把车停下来，心里一下子暖洋洋的。

怎么了？他用一种藏族人说汉话特有的腔调问。

发不动了，请帮忙看看。

你打火我看。

可能是车子已经凉下来，一发动，竟然轰地就起来了。

好了嘛。藏族司机又回到车里去，我们很是过意不去。

从山口下来不久，看到路边有一个藏族女子挥手搭便车。我们的车上还有一个空位，进纳木错前，我们也看到有要搭便车的藏民，但都没有停。这次大家如梦初醒似地一起大叫：停！

但车子已经下来了一两百米，而且转了个弯，看不见那位藏族女子了。车子很难退回去，要走回去招呼那位藏族女子，在这海拔5000多米的山坡上，大家确实也体力不支了。

只好再朝前走，一路注意看有没有要搭车的藏民。可能是心理作用，觉得怎么搭车的藏民突然少了，真想停下来问路边放牧的藏民，要不要搭车啊？

终于，有一个藏族男孩要搭车。上来一看，十五六岁，却不会说汉话，只会说要到当雄。他哪里知道我们的心思，大家把糖果、点心和水果朝他怀里塞。语言不通，就朝他友善地笑，他也朝我们笑。

藏族人的笑里没有意图，没有我们通常在笑里所赋予的那些诸如谦卑、友善、快乐的东西，就是一种纯然的笑。想起了那句咏唱西藏的歌词：没完没了的姑娘没完没了的笑！

这的确是很西藏的感受。

藏族人笑的时候露出一口洁白的牙，他们的笑令人难以忘怀。

——3——

回到当雄，回到了青藏公路上，继续往北。

有的问题就是这样，想起来就没完。一条乌黑的柏油路伸向远方，思绪也随着延伸：为什么要托附“情歌”？人们又是从什么时候起，往仓央嘉措身上托附“情歌”的呢？

藏文典籍《仓央嘉措秘传》（下文简称《秘传》）成书于藏历火牛年（1757年），尽管这部书的作者自称跟随并伺候过仓央嘉措，是他的“卑末弟子”，但这部书并不可信。说其不可信，并不仅是因为这部书中讲述了许许多多超自然力的“神迹”，诸多宗教书籍，都有关于“神迹”的记述或想象。这部书的不可信，更在于其中“写实”的部分有许多过于戏剧化的情节和不合常识之处。例如，《秘传》中记述说，火鸡年（1717年，也就是正史记载的仓央嘉措死后十年）仓央嘉措游历到北京，住在一家王府。王爷认出了仓央嘉措，向他表示，只要他愿意，报知皇上，就可以让他再做达赖，但仓央嘉措谢绝了。在安定门附近，仓央嘉措竟还碰巧看到了被拉藏汗押解至京的桑结嘉措的三个儿子和女儿。他们从西藏带来的一只狗认出了仓央嘉措，跑过来含住他的衣服欢跳，让仓央嘉措不胜感慨。桑结嘉措的女儿还把指环退下来传递给他，等等。《秘传》中说仓央嘉措在青海“深夜遁去”后，游历了甘、青、康、藏、川等藏区，到过尼泊尔和印度，最终在阿拉善定居传法。在当时的交通卫生条件下，如此顺利地游历这些地方，也令人难以置信。

作为“史实”，这部《秘传》的内容不可信，但作为蕴含着历史文化心理的藏文资料，这部《秘传》透出了两点值得重视的信息：其一，由于融汇着民族尊严和民族情感的爱戴之情，蒙藏地区的民众在仓央嘉措死后不久，具体地说也就是才50年后，即已经开始将仓央嘉措传奇化，所以才有了这部述说仓央嘉措未死而游历天下，四处传法济世的《秘传》；其二，《秘传》将仓央嘉措述说为不恋权位、四处游历、真心普度众生的圣僧，这其中当然显示了信奉喇嘛教的蒙藏民众对他的爱戴之情，但《秘传》中完全没有涉及仓央嘉措行为风流和创作情歌的内容，这至少也可以说明，在仓央嘉措死后50年这部书完成之时，人们对仓央嘉措的传奇化，还没有走“情僧”和“情歌”的途径。也就是说，这部不可信的《秘传》可以证明，从“情僧”和“情歌”的途径将仓央嘉措传奇化，至少是仓央嘉措死了50年以后的事情了。

有意思的是，《秘传》中隐居在阿拉善广宗寺的仓央嘉措，是一个全心向佛普度众生的尊者，毫无儿女情长的内容，但在“文革”前，在阿拉善广宗寺声称所拥有的仓央嘉措的“遗物”中，竟然有一把女人的青丝。这至少说明，有关仓央嘉措的“情僧”和“情歌”传说，后来也已经影响到了广宗寺僧人们对仓央嘉措的认知。而在今天，随着“仓央嘉措情歌”的进一步传播，人们更是相信，仓央嘉措既是达赖喇嘛，也是一位情僧，那些“情歌”就是他所写，甚至把本不是他写的情歌，都说成是他的了。

——4——

快到唐古拉山口时，看到路边的一家道班写着“天下第一道班”，印象很深。

在唐古拉山口，有青藏公路通车的纪念碑，就在公路边。

过往的车辆，大都要在这里停下来，人们在这里拍照留念。路的两边布满了经幡，有几位藏民，在这里向过往的客人叫卖他们手里拿着的新鲜雪莲花。

山口还飘着雪。古诗说“胡天八月即飞雪”，诗中的“八月”，是农历的“八月”，比现在还晚一个月呢。

再往前走，就是青海地界了。

我想起了拉萨街头的“玛吉阿米”餐馆，想起了在那里看到的顾客留言：“在玛吉阿米，你会觉得每个人都是你前世的情人。”

往仓央嘉措身上托附“情歌”，在今天还在继续着，并且有了新的内涵。

“仓央嘉措情歌”中“未生娘”的音译“玛吉阿米”一词，因其特有的异域情调及不确定性，在传播中就衍生出多样的解说。一些有关西藏和拉萨的旅游手册，就这样介绍这首情歌的缘起：在拉萨的八廓街上，夜游的仓央嘉措，抬头看到了二楼的一位美丽姑娘，心有所动，但后来就再没有见到这位“玛吉阿米”，心中情思萦绕，于是写下了这首情歌：在那东山顶上，升起了白白的月亮，玛吉阿米的面容，浮现在我的心上……

这里的“玛吉阿米”，在理解上已经由“未生阿妈”引申为“纯洁少女”或“美丽姑娘”，歌中所唱的，是一次美丽的邂逅。有的旅游手册则直接说，这“玛吉阿米”，就是仓央嘉措情人的名字，拉萨八廓街拐角处一幢楼房的二楼，就是仓央嘉措和这位名叫“玛吉阿米”的情人幽会的地方。情歌的背景及内涵，已经被解读为浪漫而放肆的偷情。

拉萨八廓街拐角处开设的那家名为“玛吉阿米”的藏餐

馆，显然就借助了托附在仓央嘉措身上的“藏地情歌文化”。众多的旅游者趋之若鹜，涌进这据说是仓央嘉措和情人“玛吉阿米”幽会的地方，这些来自全国各地乃至世界各地的男男女女，当然不会像全民信教的藏族民众一样，心中有本真需求和宗教戒律冲突的困扰和焦虑，这些喜欢“仓央嘉措情歌”的男男女女，更多的是对情歌中所体现出来的自由个性和叛逆精神的钦佩和向往，含有新的、源自现实人生的真切感受。

今天的男女对情爱有了更多、更新的需求。据新浪网的调查，参加投票的 25 万人中，如果可能，72% 的人会选择一夜情。其中女性 14%，男性 58%。手机短信中还流传着这样的段子：拥有情人是人物，情人太多是动物，没有情人是废物。在这样的文化氛围中，对于“仓央嘉措情歌”，人们在阅读时也就投进了新的情感内涵和心理需求。“仓央嘉措情歌”中所咏唱的“不法之情”，已经不再像过去那样，用来释放欲求和戒律冲突的心理焦虑，达到自我辩解和自我确证的目的。正相反，今天的男男女女在咏唱仓央嘉措的情歌时，其中的“不法之情”，已经被解读为浪漫的诱惑，人们对此充满了艳羡。当今天的男男女女们因喜欢“仓央嘉措情歌”而涌进“玛吉阿米”，或是因“玛吉阿米”而喜欢“仓央嘉措情歌”时，其中已经蕴含着对这一“不法之情”的渴望，另有一种寻找情人的焦虑。所以才有人在那里的留言簿上说：“在玛吉阿米，你会觉得每个人都是你前世的情人。”

对情爱的挥霍让人们找不到真爱。这是今天的人们所面临的困扰和焦虑。当一夜情和情人之情普遍可行，成为男女间随处可得的情感慰藉时，就像用冰激凌解渴越解越渴一样，人们更涌起了对真爱的迫切需求。今天的男男女女越来越讲求实际，功利的打算，常常让人们回避或放弃真爱。因为情的易得，人们往往就不懂得珍惜真爱。这是众多男女的无奈，也让他们饱尝了寂寞、失落和懊悔。因此，对“仓央嘉措情歌”中“不法之情”的艳羡，固然是出自本能的对情爱的渴求，但在另一个方面，“仓央嘉措情歌”中的“不法之情”，也显现了不顾一切禁忌、不管一切后果的真爱特征。挥霍着情爱而又难以拥有真爱的人们，从“仓央嘉措情歌”中看到了真爱。他们也希望自己能像仓央嘉措那样，能够拥有不顾一切的真爱并不顾一切地真爱一回。因此，今天的人们喜爱“仓央嘉措情歌”，除了对“不法之情”的渴望和艳羡外，也寄托着他们对真爱的向往。

– –5– –

现今在互联网和手机短信中流行的这首名为《那一天、那一月、那一年、那一世》的“仓央嘉措情歌”，在过去 70 年来各种公开出版的版本中都从未有收录。这首所谓的“仓央嘉措情歌”，表现形式也让人诧异：藏文所记载的“仓央嘉措情歌”，绝大多数为“谐体”，即六音三顿为一句，四句构成一首，仅有极少数的例外为六句一首。而这首流行版的“仓央嘉措情歌”，形式上和“谐体”大不相同：每节三句、一共四节构成完整的一首。每句长短不一，但每节开头的“那一天、那一月、那一年、那一世”等又彼此呼应，其中的内涵节节递进，四节间彼此匀称均齐，尽显汉语白话诗“新格律体”的风貌，在意趣上也深深地打上了当下人文心态的烙印，可以确定是今人的托附无疑。

这是一首足以传世的杰出的诗篇。可它分明是今人的创作，为什么又要把它托附到仓央嘉措身上，成为“仓央嘉措情歌”呢？

由于地域的遥远、文化的神秘及身世的特殊，西藏、藏传佛教及达赖喇嘛仓央嘉措，在今天已经成为一种特殊的文化符号，人们从中解读出丰富的文化含义。西藏是“远方的上方”，既是世间实实在在的高处，又是人们精神上圣境的象征。藏传佛教则象征着人们心中虔诚执著的信仰。作为达赖喇嘛的仓央嘉措，由于他的“情歌”广为传播的关系，也已经被人们解读为不顾一切大胆执著追求真爱的“情僧”。在没有宗教戒律压抑的现代男女看来，仓央嘉措情歌中的“不法之情”，既是一种源自本能的浪漫诱惑之情，又是一种挑战流俗、执著追求的男女真情。在“真情”这一点上的相通，是今天的人们往仓央嘉措身上托附“情歌”的直接契机。

这首托附在仓央嘉措名下的“情歌”，借助西藏、藏传佛教及达赖喇嘛仓央嘉措特殊的文化含义及神秘性，强化了真爱追求的执著和神圣。诵经、转经、磕长头、转山，是藏传佛教中具有神秘性的信教方式，又蕴含并体现着信仰的执著和虔诚。“触摸你的指尖”、“贴着你的温暖”等真切细腻，同时也神秘地体现了对“你”的向往和迷恋。这首诗是托附在“情僧”的名下，以“情歌”的名义表现出来的，因而其中的“你”，既是情人的指称，也是真爱的象征。结尾时说“转山转水转佛塔呀，不为修来世只为在途中与你相见”，一方面承接着“仓央嘉措情歌”一贯的宗教叛逆情调，另一方面，又呈现了追求现世真爱的新宗教色彩。

可以挥霍情爱却难以得到真爱，这是今天的人们面临的困扰和焦虑。将真爱升华成执著的信仰，对真爱虔诚不悔地孜孜寻求，是他们摆脱和超越这一困扰和焦虑的当下途径。把这样的真情追求托附在具有藏文化背景的达赖喇嘛仓央嘉措身上，把这样的诗篇说成是几百年来在藏地广为流传的“仓央嘉措情歌”，这一情感和信仰的救赎途径，也就被赋予了神秘性和神圣性。

我豁然贯通，不禁在手记中写道：

六世达赖喇嘛仓央嘉措未见尸骸地死去已经三百多年了。三百多年来，“仓央嘉措情歌”广为流传，并非仓央嘉措所作的情歌，也被托附到了他的名下。过去，藏族民众借助“仓央嘉措情歌”所咏唱的“不法之情”，作自我辩解和自我确证。今天，四处寻觅的男男女女们，依然借助“仓央嘉措情歌”表达对“不法之情”的艳羡和对真爱的向往。三百多年来，“仓央嘉措情歌”的托附方式和传播过程，折射着人们在特定时代文化环境中的困扰和焦虑，从中可以看到人们沉重的肉身和那寻求飞升的灵魂。

——6——

2003 年 8 月 18 日中午，我们到了昆仑山口。

在中国古代神话传说中，昆仑山是众神之山。毛泽东在他的诗词中这样描写昆仑山：“横空出世莽昆仑，阅尽人间春色。”犹如一位亘古不变的老人，昆仑山俯瞰着人世沧桑。冬天，昆仑山覆盖着皑皑白雪，“飞起玉龙三百万，搅得周天寒彻”，“夏日消融，江河横溢，人或为鱼鳖”。莽莽苍苍的昆仑山，左右着人间祸福。

青藏线上的昆仑山口，没有我原来想象的那么宏伟。没有那种似乎是神仙居所的悬崖峭壁，在八月也没有积雪。就是一个又一个连绵起伏的山包，也不陡峭，盖着一层薄薄的草皮。也许是冬日积雪夏日又消融的原因，这一段公路的路况很差，山下还乌黑的柏油路面，到这里全没了，车来车往，正是个晴天，路上厚厚的一层灰，可以想见，要是下雨，那就是深深的一摊泥。

离路边不远的一块平地上，竖着一块大石头，上面写着：昆仑山口。

昆仑山口

在这里得停下来，照张相。背景就是这块写有“昆仑山口”的大石头。

到这里，我们已经走出西藏。再往前走不远，就是青海的格尔木，再出去，不要一天的车程，就到了青海的省会西宁，再一天的车程，就可以过兰州，到西安。

雪山、江水；牧民的帐篷、草甸上散开的牛羊；喇嘛庙的塔尖、海浪一样翻动的经幡；白白的云朵、高高的蓝天……让我们遐思的西藏景观与我们渐行渐远，熙熙攘攘的现代生活，离我们越来越近。

一路上，追溯“仓央嘉措情歌”，让人遐想着摆脱一切世俗干扰的浪漫情怀；每天赶路，找加油站加油，操心住宿，和小餐馆老板娘讨价还价，又时时体验着现代的世俗生活。驾着吉普走过西藏，真像庄生梦蝶一样，分不清哪些是现实，哪些是虚幻。

就在我倚着昆仑山口的大石头照相的时候，汽笛长鸣，一列火车从身后的山坡上慢慢爬上来，原来青藏铁路已经修到昆仑山口了，三年后将要通到拉萨。火车满载着修铁路的各种材料，缓缓驶过昆仑山口。

从青海方向开来的两辆越野房车，这时也停下来，这房车的轮子像拖拉机的那样大，挂着“临时入境”的车牌。上面的游客也要到“昆仑山口”的石头旁照相，都是些老外。车内的暖气一定很足，虽说是八月，昆仑山口还是挺冷，风很大，车上下来的老外们大都穿着衬衫和短裤。我朝一位穿短裤体恤的女孩笑了笑，用英语问：美国人？不，德国人。她也用英语回答，朝我笑了笑。

我在昆仑山口站了好久。

我可以肯定这不是仓央嘉措的作品了，但我还是在心中默默地吟诵这首“仓央嘉措情歌”。其中的“你”，既是真爱的象征，也是执著信仰的象征。在这首“仓央嘉措情歌”中，对真爱的向往和信仰的执著已经统一起来。正因为情爱的泛滥让人们难以拥有真爱，在今天，对真爱的向往已经成为一种俗世的新宗教，这是当今流行文化中所显现出来的世界性的情感倾向。这首“仓央嘉措情歌”，一方面显现了这一情感倾向，另一方面也从俗世的男女之情中，升华出执著的信仰，让“情歌”具有更深更高的象征意义。

那一天
闭目在经殿的香雾中
蓦然听见你诵经的真言

那一月
转动所有的转经筒
不为超度只为触摸你的指尖

那一年
磕长头匍匐在山路
不为觐见只为贴着你的温暖

那一世
转山转水转佛塔呀
不为修来世只为在途中与你相见

汽笛长鸣，又一列火车从昆仑山口缓缓驶过……

看见史诗：泸定桥、红军坟、红军柳

难怪“历史的真实性”一直是让人们困惑的问题。仅仅七十多年过去，诸多亲历者有关“飞夺泸定桥”的历史讲述，就已经不尽一致了。

一、来到了泸定桥

——1——

2008 年 8 月 4 日下午 2 点，开着一辆“切诺基”越野车，我来到了泸定桥。

这座尽人皆知的铁索桥，一如既往地悬挂在大渡河上。

大渡河水湍急汹涌，这就是当年红军“飞夺泸定桥”的地方。

1935 年 5 月 29 日，红军在这里“飞夺泸定桥”，夺桥的成功改变了红军的命运，也改变了中国的命运。

历史事件需要凭借文字记录呈现为“故事”，才能持续地进入人们的历史讲述之中，这就是所谓的“事以文传”。有关这一“夺桥”故事的文字记录，最早见于陈云化名“廉臣”所写的《随军西行见闻录》。长征期间，陈云为中央政治局常委、红五军团中央代表，在从泸定桥渡过大渡河后，红军召开了泸定会议，决定派遣陈云赴上海恢复白区的地下工作。

陈云6月上旬受命离开红军，7月间辗转到达上海，9月上旬又离开上海前往莫斯科。在上海期间，陈云以一个被俘军医的口吻，写下了记叙红军长征的《随军西行见闻录》。1936年3月，《随军西行见闻录》署名“廉臣”在巴黎由中国共产党主办的《全民月刊》上连载。同年7月，在莫斯科出版单行本，随后在国内多次印刷发行。《随军西行见闻录》中具体地记述了红军夺取泸定桥的过程：“一连人前面的冲锋者从九根铁索上爬过去，后面的红军则在后铺板子。”陈云在书中热情地赞叹说：“红军之全部渡过泸定桥，确为红军之莫大成功。”

以“飞夺泸定桥”来命名这段“故事”，最早则见于《红军长征记》一书。红军长征到达陕北后，在1936年春即开始编写《红军长征记》，8月，中央军委主席毛泽东和总政治部主任杨尚昆联名向各部队发出电报和书信组稿，10月底收到稿子200多篇，50多万字。这部书1937年2月在延安由徐梦秋、丁玲等人编成，定名为《二万五千里》，但到了1942年才在延安正式出版，改名为《红军长征记》。在书中，长征时担任红一军团政治部宣传科科长的彭加伦以一篇名为“飞夺泸定桥”的短文，记述了这段故事。

1955年，红军长征胜利20周年时，《红军长征记》一书由人民出版社公开出版发行，“飞夺泸定桥”的故事进一步传播。1965年，在河边指挥了夺桥战斗的杨成武将军在《解放军报》上发表了回忆夺桥战事的长篇文章，同样命名为《飞夺泸定桥》。以“飞夺泸定桥”来命名这段故事确实既准确又传神。此前，夺桥的红军部队沿大渡河岸一天徒步急行军 240 里，真是“飞毛腿”。几乎所有的回忆文章都提到，当时守桥的敌人认为红军是不可能从没有桥板的铁索桥上过来的，因而他们在河对面得意且嘲讽地叫喊：你们飞过来呀！飞过来我们就缴枪。最终红军就是攀着铁索“飞”了过去，夺取了泸定桥，改写了历史。

后来小学课本中有关这段故事的讲述，都以“飞夺泸定桥”命名。许多文艺作品在表现这段故事时，也题名为“飞夺泸定桥”。这段家喻户晓的传奇故事，即以“飞夺泸定桥”的命名流传下来。

大渡河，红军长征时“飞夺泸定桥”的故事就发生在这里

－－2－－

现在的泸定桥是人来人往的旅游景点。

大渡河在这里由北向南奔流。当年红军是从大渡河的左岸冲向右岸，也就是从西岸冲向东岸。由于泸定县城在大渡河的东岸，现在桥的东头，被作为泸定桥景点的正面。

泸定县城的中心广场就在泸定桥的东头，这是全城最热闹繁华的地方。泸定桥的两头，无论是右岸还是左岸，有好多卖旅游纪念品的商店和为游客服务的餐馆，还有人出租当年的红军服装和木头做的步枪和大刀片，供游客在桥上照相留念。

要到泸定桥上参观，得买门票，10 元。当地人就不用了，他们常在桥上来来往往，从神情和服饰上，管理员一眼就能把他们认出来。连我们这些游客，也几乎一眼就能把他们认出来。

泸定桥下的大渡河水湍急汹涌，在桥上多往下看一会，真的会头晕。有的游客还会故意在桥上晃一下，这时就会有女游客发出一片惊叫声。

－－3－－

我是上午从安顺场沿着大渡河上来的。安顺场，就是当年红军“强渡大渡河”的地方。在红军长征的历史记述中，大渡河畔的战事有相应的表述。红一军团红四团的 22 位英雄攀着铁索越过湍急的河水夺取泸定桥，称作“飞夺泸定桥”；红一军团红三团的18勇士在安顺场驾小船冒着川军的枪炮冲过大渡河，则称为“强渡大渡河”。

红军长征时“强渡大渡河”的安顺场渡口

由于在上游不远的地方已经修了水电站，安顺场的大渡河水不再湍急，河道也变窄了，河中间还有一个个浅滩。现在在安顺场渡河已经不需用船，甚至都不大好用船，找个合适的地方徒涉都可以了，那里的大渡河水哗哗流淌。

可能是时间还早，我在安顺场没有看到游客。那里的“红军强渡大渡河纪念馆”都还没有开门，没能进去看。纪念馆门前的小广场上，立着在好多画报上都看到过的那座红军浮雕，一个红军战士头像，一把大刀，背景是波涛和小木船。河边立着的一块大石头上，写着“红军渡”三个红色大字，题字的是杨得志将军，当年他担任红一军团红三团团长，在河边指挥红军“强渡大渡河”。

“5·12”大地震刚过去不久，这里也是灾区，小广场的四周，还搭建了好多帐篷。大多是用木棍、木板和塑料布搭盖的遮风避雨的地方；有的更简单，就是一张床上挂一个蚊帐，上面再盖一块塑料布；也有蓝白两色、上面写着“救灾”字样的专用帐篷。

——4——

当年红军派出两支部队夹江而上，从大渡河两岸赶往泸定桥。一支是“强渡大渡河”后杨得志的红三团，走右岸；一支是杨成武率领的红四团，走左岸。后来红四团出敌不意地赶到了泸定并成功地“飞夺泸定桥”。杨得志和杨成武，后来都成为解放军的著名将领，新中国成立后，还先后担任过解放军的总参谋长。

现在从安顺场到泸定桥，大渡河的两岸都修了公路。大渡河右岸的公路是省道，宽一些；大渡河左岸的公路则是一条乡道，比较窄，但也全程都铺了柏油。

我走的是左岸的乡道，大致和当年红四团走过的地方差不多。不同的是，我开着一辆“切诺基”越野车，沿着大渡河边铺了柏油的公路从安顺场到泸定桥。

“飞夺泸定桥”的故事可谓妇孺皆知：从安顺场到泸定桥，一共240里山路，当时下着大雨，泥滑路烂，沿途还有川军的阻击。可就是一天一夜，红军在赶路中还进行了几次小的战斗，硬是按命令的要求如期赶到了泸定桥。

我原来以为 240 里路只是故事叙述中文学夸张的说法，可现在看地图，从安顺场到泸定桥的公路标示是 112 公里，公路是沿着大渡河走的，沿途还有穿越高山的隧道和跨越大渡河支流的桥梁。这么说，从安顺场到泸定桥，真的有 240 里，红军是真的一天一夜在大雨和战斗中走了 240 里。

在红四团从左岸赶往泸定桥时，右岸有一支川军，也赶往泸定桥增援。夜里下雨，两支部队都打起火把赶路。右岸的川军问：你们是哪一部分的？红军就找会四川话的战士回答：我们是川军某部，奉命赶往泸定桥。后来右岸的川军走不动了，停下来休息，而左岸的红军在雨夜中马不停蹄地赶往泸定桥。

我注意看了，大渡河是峡谷中的一条河，宽的地方，也就一百多米。两岸的人相互喊话，也能听得见。也就是在夜里，隔着河的川军才没法分清对面的部队究竟是川军还是红军，要是在白天，彼此可以看得清清楚楚的。

二、"飞夺泸定桥"时桥上究竟有没有桥板？

- -1- -

从 1935 年到今天，也就七十多年。七十多年来，许多"飞夺泸定桥”战事的亲历者，在回忆这一历史往事时，彼此间的讲述已经有了许多歧异。

“飞夺泸定桥”时，铁索桥上究竟还有没有桥板？

陈云在《随军西行见闻录》中是这样说的：“此时北岸桥头有刘军筑工事扼守，且刘军将桥上之木板抽去，只剩13根铁索，以阻赤军过河。”陈云是在随红军长征过了泸定桥以后才受命离队前往上海的。《随军西行见闻录》写于1936年7月至9月间，是最早的关于“飞夺泸定桥”战事的文字记录，按陈云的说法，当时铁索桥上没有桥板。

由诸多长征亲历者所撰写的《红军长征记》，1936年8月开始组稿，1937年2月编成。彭加伦在其中所撰写的《飞夺泸定桥》一文，对夺桥的战况是这样记述的：“桥板被抽去了，只剩得几根光铁索”，22个夺桥的英雄“冒着浓密的弹雨，一手扶着铁栏，踏着铁索，冲锋过去”。和陈云的记述相一致，都说当时铁索桥上已经没有桥板。

没有桥板的说法，在其他亲历者的相关记述中也得到佐证。罗华生是当时夺桥部队红四团的党代表，《红军长征记》中收有他所撰写的《强渡大渡河泸定桥的经过》一文，其中也说：“飞夺泸定桥”时，“（敌人）把桥上的木板都收掉了”。杨成武当时任红四团政委，直接组织了夺桥战斗，自己就在河边呐喊指挥。1965年，他在《解放军报》发表的回忆文章《飞夺泸定桥》，是有关夺桥战斗影响最大、也最权威的讲述。由中共中央党史研究室第一研究部编著、中共党史出版社2006年出版，有江泽民、刘华清、张震等中央军委领导人题词的《红军长征史》，在书的勒口上自称“唯一一部红军长征正史”，其中关于

“飞夺泸定桥”的历史表述，就采用了杨成武的回忆：“木板已经被敌人搬到城里去了，只剩下悬挂着的铁索。”22 位突击英雄，“冒着密集的枪弹，攀着桥栏，踏着铁索向对岸冲去”。

– –2– –

美国记者埃德加·斯诺不是长征的亲历者，也不是他最早用文字记述了长征，但他最早向全世界最广泛地传播了红军长征的故事。

1936 年6 月至10 月，斯诺带着宋庆龄的介绍信秘密进入陕北红色根据地采访，写成了 *Red Star over China*（《红星照耀中国》）一书。1937 年 10 月，这部书在英国伦敦由戈兰茨公司出版，很快就风靡全球。书中的第五章专讲“长征”，其中的第三节又专讲“大渡河英雄”，这是最早向全世界公开介绍红军长征的著作。

这部书已经被译为近 20 种文字出版，有中、法、德、俄、日、蒙等文字译本，传遍了全世界。仅仅日译本已经重印了十多次，朝鲜文译本也重印了十多次，印数已经难以计数。

受这本书的影响，无数中华儿女纷纷奔向“红星”所在的延安及各抗日根据地，不仅如此，也引得许多外国友人纷纷前来中国助战。加拿大外科医生白求恩在致友人的信中曾说，“请读埃德加·斯诺的《红星照耀中国》和史沫特莱的《中国红军在前进》吧”，这样就可以理解他为什么要来中国参加抗战。在延安支援中国革命的印度大夫柯棣华也说：“若问我是接受了谁的‘命令’来到延安的，那么，我的回答是，我是接受了斯诺写的《红星照耀中国》的‘命令’来的。”

“二战”时苏联森林游击队的三位女队员曾对斯诺说起，她们从一本叫做《红星照耀中国》的书中学到许多战争知识。日本著名学者河上肇先生在日军侵华期间读到《红星照耀中国》一书时，深受感动和鼓舞，“再三掩卷落泪”，他深信经过二万五千里长征锻炼的红军，必是日本侵略者难以战胜的。甚至连美国总统罗斯福看过《红星照耀中国》后也成为“斯诺迷”，“二战”期间多次召见斯诺畅谈并亲自推销这本书。

一位印度学生于 1942 年 8 月即在泰姬陵附近的中央监狱中偷偷组织大家阅读《红星照耀中国》，渴望能到中国去“向大渡河的英雄们表示敬意”。1988 年，他依然撰文说，《红星照耀中国》一书值得永远赞誉，该书“在 40 年代改变了印度一整代人或者说两代人，使他们信仰一种哲学，努力改变世界，而不仅仅是解释世界”。

早先斯诺为这本书起了《在陕北的岁月》、《红区访问记》、《红星在中国》（*Red Star in China*）等几个书名，由朋友们在聚餐时投票决定，大家都倾向于《红星在中国》（*Red Star in China*）。后来斯诺在美国的出版经纪人在回信中向斯诺表达她对《红星在中国》一书的赞赏时，误把书名写为 *Red Star over China*，斯诺看后拍案叫绝，由此即把书名定为 *Red Star over China*——《红星照耀中国》。

1938 年 2 月，由胡愈之主持策划，林淡秋、梅益等人集体译出了 *Red Star over China*，用“上海复社”的名义在上海出版，商务印刷厂印刷。1937 年 11 月，日军已经占领上海，上海此时已沦为“孤岛”，为避“红星”两字惹眼，中文译本用了《西行漫记》作书名。

从延安采访回来后，斯诺在北京一些高校作演讲时，曾经说起红军正在编《红军长征记》，并说自己曾经看到了这部书的部分书稿。在延安采访期间，斯诺还见到了“强渡大渡河”的 18 位勇士，并和他们合影留念。他很惊讶，这些勇士都很年轻，也很羞涩。对长征故事斯诺是做了很充分的采访的，但就是在《西行漫记》中，述及红军长征夺取泸定桥时，斯诺却说当时泸定桥上还有一半的桥板。按《西行漫记》中的说法：“当红军到达时，他们发现（泸定桥上）已有一半的木板被撬走了。从他们面前到河流中心之间只有空铁索。在北岸的桥头堡有个敌军的机枪阵地面对着他们。”

斯诺的记述和当时许多亲历者的记述以及后来的回忆是不一致的。然而几十年来，这一不一致的地方并没有引起人们过多的追究。倒是后来出版的萧锋将军的《长征日记》，印证了斯诺的说法。萧锋将军长征时担任红一军团第一师第三团党总支书记，几十年来一直坚持写日记，当时他们红三团“强渡大渡河”后从右岸赶往泸定桥。据他《长征日记》中的记述，“飞夺泸定桥”时，桥上还有部分敌人没来得及破坏的桥板。

难怪“历史的真实性”一直是让人们困惑的问题。仅仅七十多年过去，诸多亲历者有关“飞夺泸定桥”的历史讲述，就已经不尽一致了。

三、桥有多高？夺桥时有没有死人？

— —1— —

在泸定桥头下面二三十米的地方，紧靠着大渡河边，有一家餐馆，卖饭，也卖茶。我要了一壶茶，在靠窗户边的桌旁坐下来。从这里看出去，大渡河水滔滔而下，河上横悬着铁索桥。这里是观赏大渡河和泸定桥的最佳位置。

泸定桥上游客很多，三三两两地走过去，又走过来。在桥的两头和中段，游客们彼此帮着照相留念。

桥下的大渡河水还算清澈，汹涌着急速流过。河面上传来突突的马达声，有冲锋舟穿过泸定桥逆流而上，掀起一道白色的浪花。冲锋舟上的乘客都穿着橘红色的救生衣，这是新开发的旅游项目，不知道要多少钱才能坐一次。

看着大渡河和泸定桥，我不禁想：夺桥时到底有没有死人？泸定桥究竟有多长？有多高？

关于“飞夺泸定桥”，当事人的回忆中还有不少歧异。

彭加伦在《飞夺泸定桥》一文中说：“本日的战斗，我们只伤亡三人。”伤亡虽小但毕竟是有牺牲的。斯诺的《西行漫记》中，述及在“飞夺泸定桥”时牺牲了几名战士，并且有具体的描写：“他们身上背了毛瑟枪和手榴弹，马上就爬到沸腾的河流上去了，紧紧地抓住了铁索一步一步地前进。第一个战士中了弹，掉到了下面的急流中，接着又有第二个、第三个。但是别的人越来越爬近到桥中央，桥上的木板对这些敢死队员起了一点保护作用，敌人的大部分子弹都迸了开去。”

罗华生等人的回忆则与此不同。在《强渡大渡河泸定桥的经过》中，没有说到有人牺牲。杨成武的《飞夺泸定桥》一文中，也没有提到有人牺牲。时为红一军团政委的聂荣臻元帅后来在回忆录中述及“飞夺泸定桥”一段时说：“泸定桥被拆得只剩下几根光溜溜的铁索。悬挂在令人头晕目眩的激流之上。22 名勇士在同志们的火力掩护下，一边在铁索上铺木板，一边匍匐射击前进，奇绝惊险地夺取了泸定桥。”同样没有说到有人牺牲。萧锋将军是当天就赶到了泸定桥边的，在他有关“飞夺泸定桥”这天的日记中，还是没有提到有人牺牲。

那么泸定桥究竟有多长、有多高呢？

好多有关“飞夺泸定桥”的讲述回忆，大都没有涉及泸定桥究竟有多长有多高，尤其是有多高。例如，早期斯诺的《西行漫记》以及后来聂荣臻、杨成武等人的回忆录，都是这样。但在陈云最早讲述长征的《随军西行见闻录》中，却说到了泸定桥的长和宽：“泸定桥长有 9 丈，阔约 1 丈。”《红军长征记》中彭加伦的《飞夺泸定桥》一文说：“桥是铁索做成的，共有 20 条。河面有数十丈宽，从桥上到水面也在数十丈以上的高。”在萧锋将军的日记中，泸定桥是这样的：“我们仔细看泸定桥，从东岸到西岸用 13 根粗铁环连成的铁索，9 根做桥面，两边各用两根做桥栏，长有 200 多公尺，离水有 50 多公尺高。”现今小学课本中的《飞夺泸定桥》一文中是这样描绘泸定桥下的大渡河的："红褐色的河水像瀑布一样，在几十丈深的河谷里倾泻下来，冲到岩石上，飞溅起一丈多高的浪花。"

亲历泸定桥，在泸定桥上走一走看一看，就会知道相关的记述显然是夸张了。我在桥上注意看了看，数了数，泸定桥一共由13根铁索构成，下面并排9根铺木板，两旁各2根做桥栏。彭加伦在《飞夺泸定桥》一文说："桥是铁索做成的，共有20条。"在罗华生的记述中："（敌人）把桥上的木板都收掉了，只剩6根光铁锁链。"斯诺的《西行漫记》中说："一共有16条长达一百多码的粗大铁索横跨在河上"，都与实物不符。桥头有一块介绍泸定桥的石碑，上面说泸定桥长100米。《红军长征的民间记忆》一书中引用过当地的水文资料，枯水期泸定桥离水面14.5米。

- -2- -

70多年来，无论是"飞夺泸定桥"故事的讲述者还是故事的倾听者，人们都不太在意这些细部上的歧异，无论泸定桥上是否有部分的桥板，无论红军在夺取泸定桥时是否付出了牺牲，也无论泸定桥离水面究竟是十几米高还是几十米高，红军攀着铁索，冒着弹雨"飞夺"了泸定桥，在人们的心目中，这是不可思议而又震撼心灵的奇迹。

斯诺就觉得在那样的条件下红军能够攀着铁索"飞"过去夺取了泸定桥不可思议，以至于他在《西行漫记》中甚至这样揣摩："四川军队大概从来没有见过这样的战士——这些人当兵不只是为了有个饭碗。这些青年为了胜利而敢于送命。他们是人，是疯子，还是神？迷信的四川军队这样嘀咕。他们自己的斗志受到了影响：也许他们故意开乱枪不想打死他们，也许有人暗中祈祷对方冒险成功。”

斯诺尽可以为他的不可思议作出想象性的解释。然而理性地看，红军创造“飞夺泸定桥”奇迹的现实可能性，还是存在的。如斯诺在《西行漫记》中所说：“四川人对他们少数几条桥感情很深；修桥很困难，代价也大。据说光是修泸定桥‘就花了十八省捐献的钱财’。”建于康熙年间的泸定桥是四川联结康藏的重要通道，守桥的川军舍不得炸掉桥梁而只是收掉了桥上的桥板，也没做炸桥的准备，这就为红军“飞夺泸定桥”提供了现实的可能性。夺桥的红一军团红四团，是红军中身经百战战斗力最强的部队，一路为长征开道。当时大军处于险境，只有夺取泸定桥才有生路，夺桥的勇士们都抱定了拼死的决心。而守桥的川军，不过是刘氏军阀手下从未经历过正规战斗的地方民团，缺乏战斗力，也没有斗志，守桥是应付命令，同时又轻敌地以为红军怎么也不可能从光铁索上爬过来。就武器而言，红军主力部队使用的都是从国民党“中央军”手里缴获的新式武器，远比国民党地方部队的精良。陈云 1935 年 9 月到达莫斯科后向共产国际所作的报告中，曾专门说明过这一点。正因为长征红军的装备整齐，武器精良，一点都不像“匪”，路过云南禄劝、武定等县时，当地的县长和民团还误把红军当作“中央军”欢迎。杨定华写于 1937 年 7 月的《从甘肃到山西》一文中，曾提及红军到达陕北前在六盘山附近歼灭了青海军阀马鸿宾一部，缴获的武器太老旧，于红军无用，还不得不专门组织人力销毁。扼守泸定桥的川军，手里同样是些陈旧的枪支。当时他们在对岸挑衅红军："飞过来呀，飞过来我们就缴枪。"红军是这样回答他们的："只要你的桥，不要你的烂枪。"

如指挥"飞夺泸定桥"战斗的杨成武将军所说，"全团的司号员集中起来吹起了冲锋号"，给予敌人极大的心理震撼，"所有的武器一齐向对岸敌人开火"，打得敌人抬不起头来，压制住守桥的敌人并封锁了城内增援桥头的道路，"军号声、枪炮声、喊杀声震撼山谷"。守桥的川军本没有炸桥的准备，此时放火烧桥，阻隔作用也有限了。

哈利森·索尔兹伯里是斯诺的朋友，也是"二战"时著名的战地记者，曾获普利策新闻奖，又做过美国作家协会主席。为完成斯诺续写长征史诗的愿望，他多次向中国政府提出采访要求，后被高层批准。1984 年 3 月，索尔兹伯里来到中国，中国政府为他提供了诸多方便，他历时 74 天沿长征路实地考察，采访了许多当事人，和中国的长征史专家交谈，得到许多国内学者不易得到的珍贵资料，后来他所撰写并于 1985 年 10 月在美国出版的《长征，前所未闻的故事》一书，是有关长征讲述的一部重要著作，许多数据和史实，都是在这部书中第一次公布。书中述及："一位在泸定桥和红军打过仗的国民党军官说，他们的枪支太陈旧，子弹都潮湿发霉了，大部分打不到河对岸。"1990 年，中国文史出版社出版了《围追堵截红军长征亲历记》，这是一部由当年参与围堵红军的国民党军官撰写的回忆录，据川军将领回忆，红军总攻夺桥时，守桥的川军一个团已经撤离，只留下了一个班守桥断后，放火烧泸定桥。

——3——

“飞夺泸定桥”的故事，除了有回忆录式的“历史讲述”，也有文艺作品式的“艺术讲述”。与“历史讲述”会有所忽略和有所淡化不同，“艺术讲述”则会有所强调和有所夸张。忽略和淡化，强调和夸张，共同造就了“飞夺泸定桥”这一“奇迹”故事的“奇”。

我所看到的有关“飞夺泸定桥”的文艺作品中，桥上都是“没有桥板”的，如沈尧伊的著名版画《飞夺泸定桥》。这些画作常常作为各种《飞夺泸定桥》文字讲述的插图，每年的长征周年庆时，也常常被各种媒体转载。影响广泛的长征题材电影《大渡河》，纪念长征胜利60周年而摄制的电视连续剧《长征》中，“飞夺泸定桥”时，桥上也都没有桥板的。没有桥板，才更能体现“飞夺泸定桥”的惊险。

1964年上演的著名的音乐舞蹈史诗《东方红》中，“飞夺泸定桥”一段十分精彩：夺桥勇士们目送战友中弹落水后随激流远去——那是一个给人留下深刻印象的悲壮造型。在《长征》等影视作品中，都有这样的画面：夺桥勇士中弹后掉下铁索，被卷入湍急的河流中……在“艺术讲述”中，“飞夺泸定桥”时红军付出了惨重的牺牲，有所牺牲，才更能体现“飞夺泸定桥”的壮烈。

在“艺术讲述”中，泸定桥的高悬及大渡河水的湍急，是“飞夺泸定桥”时重点强调渲染的地方，在一些美术作品和影视作品中，特写的铁索高悬晃动在云雾中，桥头的铁索都被烧红了……

四、什么样的故事成就什么样的人

——1——

这里好！这里好！

一对成都口音的中年夫妇带着个十二三岁的小女孩，在我前面的窗户旁坐下来。他们还没吃午饭，点了回锅肉、干煸四季豆和水豆花。

大人们点菜时，小女孩拿着个相机趴在窗台上，朝着泸定桥不停地拍照。

“你车锁好没得？”女的突然问。

“锁好了。路好走，回去你开。”男的回答。

或许他们是新买了车不久，或者是太太刚拿到驾照不久，一家人出来自驾游，就当练练身手。

男的又转身问忙着拍照的小女孩：“跟课本上像不像？”

——2——

历史不是历史事件而是历史故事。历史事件是中性的，表示有过或发生过这么回事，是过去的事情。历史故事则是经过人们组合和叙述过的历史事件，其中融汇着人们的价值意图并具有精神建构功能。硬要去追溯历史事件的“真实”或历史事件细节的“真实”，就是不了解历史的本质，自然也不懂历史的功能。

历史事件在成为历史故事时，总是经过了某种情感倾向和价值意图的择取和删除，因此，“历史故事”总是某种情感倾向和价值意图的负载和体现形式。“历史事件”的择取和删除过程，也是“历史故事”的“编排”过程，一个“有序”的历史故事，也是让人们易于把握某种情感倾向和价值意图的理解形式。“历史故事”不仅有“历史事件”的择取、删除和编排，其中还融汇着人们的想象和期待。因而“历史故事”在生成的过程中一方面被意识形态化，融进了情感倾向和价值意图，另一方面还被艺术化或“奇迹化”，以不寻常的方式给人以鲜明的印象和深刻的震撼。

“飞夺泸定桥”是一个历史故事，也是一个传奇故事。

从《红军长征记》中诸多亲历者的回忆可以看出，当时的红军将士大都知晓石达开在大渡河边全军覆没的“往事”，这是压在全军官兵心头的一块阴影。在向部队作战斗动员时，也特意说明只有夺取泸定桥，红军才能避免同样的厄运。聂荣臻元帅回忆，毛泽东向他和林彪布置了夹河而上夺取泸定桥的任务后说，这是一个战略性措施，只有夺取泸定桥，我们才能避免石达开的命运。红军成功夺取了泸定桥，不仅在事实上跳出了敌军的包围圈，在心理上也驱散了全军将士心头的阴影，极大地鼓舞了士气。

红军夺取泸定桥这一“历史事件”的特殊性，在于成功地“飞夺”了泸定桥，在看似不可能中实现了可能。在中央红军胜利到达陕北，整个红军的长征还没有完全结束时，毛泽东即总结长征的意义说，长征是宣言书、宣传队、播种机，沿途宣传了革命道理，壮大了革命力量。长征“向全世界宣告，红军是英雄好汉，而帝国主义者和他们的走狗蒋介石等辈则是完全无用的”。红军成功“飞夺泸定桥”这一在不可能中实现的可能，集中鲜明地体现了红军的“英雄好汉”气质和敌人的“完全无用”，无论是从当时的鼓舞士气以及今后的斗争需要来说，这一惊人的“飞夺”壮举都产生了巨大的精神建构作用。红军没有重蹈石达开的历史厄运。“飞夺泸定桥”既打破了当时压在红军心头的“历史宿命”，同时也展现出另一种“历史命运”：红军是无坚不摧的。“飞夺泸定桥”的成功，增强了红军对自身革命道路选择及其必然胜利前景的信心。

“飞夺泸定桥”这一“传奇故事”中所蕴含的“神奇性”，还有更加深远微妙的精神建构功能。索尔兹伯里在他的《长征，前所未闻的故事》中说过，正是在“飞夺泸定桥”这一“奇迹”之后，在民间，人们才开始把红军视为“刀枪不入的天兵天将”的。将红军视为“天兵天将”，不仅神化了红军，同时也赋予了红军英雄行为的正义性和神圣性。“飞夺泸定桥”的“奇迹”，在一种不可能的可能中显现出红军的命运“如有神佑”，在红军身上所体现的中国革命的道路选择和胜利前景，也就不仅“理当如此”，而且“命当如此”。犹如中国革命的“英雄创世纪”，“飞夺泸定桥”成为红军长征精神和中国革命必胜前景的具体生动而又崇高神圣的象征！

- -3- -

不远处的泸定桥上传来一阵阵嬉闹声。

原来是十几个年轻游客，男男女女都有，租了两套红军的服装在桥上轮流着照相留念。他们有的拿着木头步枪，在桥上半蹲着做射击状；有的一手扶着铁索桥链，一手把木头大刀片挥过头顶，做出向前冲锋厮杀的样子，刀柄上的红绸布，在风中飘动着。

他们嘻嘻哈哈的，玩得很开心。在泸定桥上这样嬉闹，或许不够严肃。但我想，他们来到这里，不管抱着什么样的心情，总是和读过“飞夺泸定桥”的历史故事有关。就是他们在照相时有意摆出的夸张姿势，也是我们在一些表现“飞夺泸定桥”的美术作品和影视作品中经常看到的艺术造型。

故事或奇迹故事，直接真切地影响着人们的价值观和人生观。人们通过故事来看世界，读到什么样的故事，成为什么样的人。七十多年来，“飞夺泸定桥”的故事在课本中反复讲述，全中国家喻户晓。故事中所蕴含的情感倾向和价值意图，潜移默化地影响着人们的价值观和人生信仰。七十多年来，以“历史讲述”和“艺术讲述”的形式对“飞夺泸定桥”作多样化的讲述，也是要让这一历史故事或奇迹故事的精神建构作用影响更加广泛，更加有效地深入人心。

人类历史上，诸多的神话史诗、历史传说和文艺作品中的故事或“奇迹故事”，都在发挥着相应的精神建构作用，培养并强化着人们对“故事”中所蕴含的情感倾向和价值意图的认同和信仰。“飞夺泸定桥”故事的持续讲述和多样化讲述，呈现了“历史故事”生成的意图和机制，也是以历史故事作精神建构的成功范例。

五、进入遵义

——1——

到了泸定桥之后，本来我是打算从四川翻过夹金山，经过松潘草地，再到延安的。因为汶川地震，红军当年走的这些地方现在都是震区，当我开着越野车往天全、芦山一带走时，路边临时设置的路卡上的工作人员劝阻我往前走，一是为了安全，地震把路边的山石都震松了，常有滑落；二是现在公路上主要通行前往灾区运送救灾物资的车队，像我这样的闲散车辆夹在其中，难免添乱。我可不想给救灾添麻烦，就从泸定转向康定，在玛尼干戈转道青海玉树，从那里到兰州再到会宁——当年红军长征结束三军会师的地方，然后过六盘山，去了延安。

第二年，2009 年夏天，我再走长征路，从瑞金出发，开着跟了我七年的“战旗”吉普，沿红军当年走过的地方，一路到了遵义，这天是 7 月 8 日。

--2--

著名的“遵义会议”会址就在遵义的市中心，也可能后来的遵义市区就是以“遵义会议”会址为中心发展建设的。市政府和军分区，都在会址前的广场边。

广西兴安的“红军血战湘江烈士纪念碑园”

一路上我走过了许多重要的长征遗址，好多地方现在都建有纪念馆，或是有纪念碑和纪念雕塑。在江西于都，长征出发地，县城的中心广场就叫长征广场；在于都河边，有“长征出

发纪念馆”，还有“长征第一渡”、“长征第一桥”等。在广西兴安，红军当年血战湘江的地方，县城边建起了很壮观的“红军血

红军血战湘江时伤亡惨重的界首渡口

红军血战湘江时发生过激烈战事的光华铺

战湘江烈士纪念碑园”。我走过当年红军死伤惨重的界首渡口，那天正逢赶集，人很多，我的车子几乎都开不过去。看见公路边有很大的“光华铺”的标示牌，我才知道原来这车来车往的322国道两旁，就是当年阻击战打得十分惨烈的地方。当年湘江中漂浮着的红军尸体，曾经把一个为红军挑辎重的挑夫都吓疯了。

一路上我也到过许多长征路途中重要的会议会址。“通道会议”的会址，不在通道县城，而在离县城20多公里的一个小镇，那里当年是一个书院，现在是一所小学校。“黎平会议”的会址已经建成了纪念馆，会址外的街道也成为特色商品一条街，是黎平县重要的旅游景点。在瓮安县城外四十多公里的猴场，“猴场会议”的会址也建成了纪念馆。

一路上的长征遗址和纪念馆，少数收费，多数不收费。我去参观的时候，也总有其他的游客在参观，但人数不是太多。

“遵义会议会址”不收费，参观的人也特别多。除会议旧址外，“遵义会议会址”还新建有纪念馆。里面的陈列十分丰富，设施也很现代化，大门上面的“遵义会议会址”几个字，是由毛泽东亲笔书写的。

六、“遵义会议”是怎样开的？

——1——

“遵义会议”是长征途中最重要的一次会议，在这次会议上，毛泽东重回领导核心。其后，在毛泽东机动灵活的指挥下，红军四渡赤水、佯攻贵阳、奔袭昆明、巧渡金沙江、强渡大渡河、飞夺泸定桥、爬雪山、过草地、勇夺腊子口，胜利到达陕北。长征的胜利，奠定了毛泽东在党内和军队中的至高无上的领导地位。

而在“遵义会议”前，在党内和红军中毛泽东一度没有实权，是“靠边站”的。

虽然以井冈山为核心的中央苏区根据地是由毛泽东和朱德创建的，但在1933年前后，以博古（秦邦宪）为首的中共中央在白区上海无法立足，被迫转入中央苏区，毛泽东和朱德就都被排挤到权力中心之外了。毛泽东被免去了红一方面军总政委的职务，担任苏维埃中央政府主席，“靠边站”干地方去了。朱德虽然名义上还是红军总司令、中革军委主席，但由党内指定的中革军委的总负责人，则是中央书记处书记、中革军委副主席、担任红军总政委兼红一方面军总政委的周恩来。

1933年10月，共产国际派来的军事顾问李德进入苏区。

给李德当翻译的伍修权在《我的历程》中回忆："博古当时是临时中央总书记，但他对军事一窍不通，就把军事指挥大权拱手让给了李德。……李德的独断专行取代了军委的集体领导。"他们不切实际的瞎指挥，导致红军在第五次反"围剿"中彻底失败，中央和红军不得不退出中央苏区。

退出中央苏区的事宜，由博古、李德、周恩来三人决策决定，政治上以博古为主，军事上以李德为主，周恩来负责军事计划的督促实施。由他们三人组成的最高决策机构，被称为"三人团"。

按"三人团"的计划，中共中央和红军主力撤出中央苏区，另安排一部分干部和队伍留下来，打游击。高级干部中哪些人随大部队走，哪些人留下来，完全由"三人团"决定。时为中央书记处书记的张闻天后来在《从福建事变到遵义会议》中回忆说："当时关于长征前一切准备工作，均由以李德、博古、周恩来三人所主持的最高'三人团'决定，我只是依照最高'三人团'的通知行事……至于高级干部（的去留），则一律由最高'三人团'决定。"

到底哪些人走，哪些人留，自然也就和"三人团"的好恶密切相关。起先是不打算带毛泽东走的，决定派他到于都作调查，后来是周恩来和朱德出来说话，考虑到毛泽东是中华苏维埃主席，又是红军的主要创建者，才带上了毛泽东。而许多留下来的干部，像瞿秋白等，后来都被国民党抓捕杀害了。

- -2- -

1935年1月15日至17日，红军占领遵义后，召开了中共中央政治局扩大会议，也就是中共党史上著名的“遵义会议”。会议在遵义旧城黔军军阀柏辉章的公馆举行，文化大革命期间，公馆中召开会议的这所房子，被提炼为一个版画图案，叫做“遵义会议永放光芒”，全国人民都知道。

这是一个很奢华的公馆，占有很大的院落。当时许多贵州的老百姓，衣不遮体、食不果腹、瘦骨嶙峋，被称为“干人”。一个黔军军长就拥有这么奢华的公馆，而且这还只是他诸多房产之一，可见那时巨大的贫富悬殊。由此也不难理解，何以红军到了遵义后，当地的许多老百姓，这些穷苦人都要跟着红军去“闹革命”！

第五次反“围剿”彻底失败，中共中央和红军主力不得不退出中央苏区，党内和军内，尤其是高级干部中，对最高“三人团”的决策指挥心生疑虑；长征出发后不久在广西、湖南边境的“湘江血战”，红军“损失过半”，出发时的8万多红军，到达遵义时已经只有3万多人。人们对“三人团”决策指挥的不满，终于到了爆发的时候。

长征初期，毛泽东因为刚得过疟疾，身体弱，在“中央队”坐担架。王稼祥当时为中革军委副主席、红军总政治部主任，由于第四次反“围剿”时负伤，长征时也随“中央队”坐担架。他和毛泽东交谈，对局势很是忧虑，也很赞同毛泽东对当前形势的分析。伍修权将军后来在《生死攸关的历史转折——回忆遵义会议的前前后后》一文中说，王稼祥认为这样下去不行，“应该把李德等人‘轰’下台，毛泽东同志很赞赏他的想法”。

张闻天当时是中共中央政治局委员、书记处书记，很不满意“三人团”独断的决策作风。他曾向毛泽东谈了自己的想法。毛泽东要他住到“中央队”来，平时多交流沟通。后来他自己这样说：“这样就形成了以毛泽东同志为首的反对李德、博古领导的‘中央队’三人集团，给遵义会议的伟大胜利打下了基础。”

身陷困境已经证明，“三人团”难以胜任领导革命和红军的任务，艰难的时势在呼喊新的领袖。李德当局者迷，没有看清这一点的自知之明。晚年他在回忆录《中国纪事》中抱怨说，当时他们“三人团”白天黑夜地忙着行军打仗，可毛泽东、王稼祥和张闻天等人却在背后组成了要把他们搞下台的“阴谋小集团”。

是王稼祥出面提议召开遵义会议，得到了张闻天、周恩来和朱德的支持。这是党史军史上一次极其重要的会议。“遵义会议”后，毛泽东确立了他在党内和军内的领导地位。新中国成立以后，1964 年国庆时上演的音乐舞蹈史诗《东方红》，在表现长征这段历史时，就是从“遵义会议”开始的，“遵义会议永放光芒”，那时的习惯表述是：从此以后，在毛泽东的领导下，中国革命“从胜利走向更大的胜利”。

这样一次重要的会议，由于戎马倥偬中没有留下多少文字记录，到底哪些人参加了会议，作出了什么样的决议，长期没有一个明确的说法。直到 20 世纪 80 年代，经过许多当事人的回忆，才算是弄清楚了。

参加会议的有：

中央政治局委员：毛泽东、朱德、陈云、周恩来、洛浦（张闻天）、博古（秦邦宪）。

中央政治局候补委员：王稼祥、邓发、刘少奇、凯丰（何克全）。

中央秘书长：邓小平。

红军总部和各军团负责人：刘伯承、李富春、林彪、聂荣臻、彭德怀、杨尚昆、李卓然。

另外还有共产国际派来的军事顾问李德和担任翻译的伍修权。

– –3– –

会议的具体过程是这样的：

首先由博古在会上作关于第五次反“围剿”的主报告，他把第五次反“围剿”失败的主要原因，归结于敌人的力量过于强大；接着由周恩来作副报告，他在报告中指出，第五次反“围剿”失败的主要原因，是军事领导者犯了战略、战术方面的严重错误。周恩来主动承担责任，作了自我批评，同时也批评了李德和博古的错误。

接下来张闻天作了反对“左”倾军事错误的报告，历史上被称为“反报告”，这是毛泽东他们三人事前商量过，并做了充分准备的。出席了会议的杨尚昆后来在《坚持真理、竭忠尽智——缅怀张闻天同志》一文中说：“他作报告时手里有一个提纲，基本上是照着提纲讲的。这个提纲实际上是毛泽东、张闻天、王稼祥三位同志的集体创作而以毛泽东同志的思想为主导的。”

接着毛泽东发言，讲了一个多小时。他在发言中指出，第五次反“围剿”的失败，主要原因决不在于客观上敌人的强大，而在于博古、李德实行的单纯防御策略，在战略、战术上犯了一系列严重错误，在发言中他还一一列举作了说明。

王稼祥紧接着毛泽东之后发言，态度鲜明地完全赞同毛泽东的意见，严厉地批评博古、李德军事上独断专行的瞎指挥，提议撤销李德的军事指挥权，让毛泽东参与军事指挥。

与会者大都态度鲜明地支持毛泽东等人的意见。据伍修权在《生死攸关的历史转折——回忆遵义会议的前前后后》中回忆，一向稳重谦逊的朱德声色俱厉地表态说：“如果继续这样的领导，我们就不能再跟着走下去。”周恩来也发言全力推举毛泽东为我党我军的领袖。会议最后作出的决定是，选举毛泽东同志为中央政治局常委，取消“三人团”，仍由朱德、周恩来为军事指挥者，委托周恩来为党内指挥军事的最后下决心者。

如果仅就会议的决议看，毛泽东似乎只是进了政治局常委会，但在事实上，这时党内的主要决策权和军事指挥权，已经转移到了毛泽东身上。同年 9 月，陈云离开红军到达莫斯科后，1935 年 10 月 15 日，在共产国际会议上作了“关于红军长征情况的报告”，报告中说，遵义会议后，“我们撤换了‘靠铅笔指挥的战略家’，推选毛泽东同志担任领导”。可见此时毛泽东作为党内的最高领导者，已经是众望所归。晚年的彭德怀也在《自述》中说，中央红军和红四方面军在川西会师的时候，张国焘为了分裂中央而拉拢他，曾经送给他钱和粮食，拨给他一部分队伍，还派一个秘书到他那里打听遵义会议的情况。那个秘书对彭德怀说，现在实际上是毛泽东在当家，当时就引起了彭德怀的警觉，他认为这不是一个二十多岁的小秘书能说出的话，这话背后透出了张国焘的看法。由此也可看出，遵义会议后，党内军内确实就是由毛泽东当家了。

七、乌江豆腐鱼和辣子鸡

——1——

“遵义会议”会址前面的城市中心广场十分热闹，四周的几条街几乎全是餐馆。游客到这里，参观会址后，可以大饱口福。

还不算太难，就在街边找到了一个停车位。进了街边的一家餐馆，对老板娘说，想尝尝遵义的特色菜。

那就吃“乌江豆腐……”老板娘介绍说。

多少钱？

最便宜的80。

不就是豆腐吗，怎么这么贵？

是“乌江豆腐鱼”。除了很有味道的乌江豆腐，还有很鲜的乌江鱼。

遵义话在说这几个字时，是一个降调，结尾的“鱼”又是一个很短促的收声，我没有听清楚。80还是最普通的乌江鱼，要是乌江豆腐中加一种叫做“江团”的乌江鱼，一份就得数百元。

太贵了！还有没有其他的？

辣子鸡。

我连忙说，就要辣子鸡。

红军长征时突破的乌江天险

乌江上新修的跨江大桥

--2--

红军当年在遵义时，也爱吃这里的辣子鸡。

1936年春天在延安编成的《红军长征记》中，有一篇由何笛宙写的《遵义数日》的日记。其中就说到他们几个红军下级军官，到一家餐馆去吃辣子鸡。辣子鸡很好吃，他们连着几天都去吃。到后来，店家竟然在辣子鸡中掺假，用猪肉冒充鸡肉了。

从这篇日记中可以看出，红军是文明之师，每次饭后他们都照价付钱。店家在他们的菜中掺假，说明店家也看出来，这些传说为“共匪”的红军，其实都是些和气讲理的人，为了赚钱，店家都敢来糊弄了。红军在发现了店家的猫腻之后反应也很平和，只是在日记中说，以后再不去吃了。

日记中还记述，当年红军和遵义的中学生篮球队举行了一场篮球友谊赛，比赛是红军队获胜。遵义的学生和民众，都没有想到在红军中有许多留洋回来的大学生，也有许多篮球高手。日记中特别写到，一位留洋回来的红军篮球队员，在比赛中不时地用外语招呼同伴，引得观众，尤其是那些女学生观众，私下里议论纷纷。

还有一些女中学生，组成了宣传队和红军一起联欢，第二天还有一些女学生到驻地和红军聊天，日记中也写了，来的几个女学生不太漂亮，他们心中多少还有点遗憾。

作为下级军官，日记作者何笛宙当然不会知道当时遵义正在举行事关红军命运的政治局扩大会议，但他的记述，真切地呈现了当时遵义的另一种军民生活。

八、娄山关和红军坟

– –1– –

遵义北面 50 多公里，就是著名的娄山关。

现在已经有高速公路经过娄山关。从高速公路出口下来，在老公路上走十多公里，就可以盘山而上来到娄山关。这段路开车还要不了一个小时。只是出遵义城时，城里堵车，仅仅出城就走了四十多分钟。现在的遵义城区，也和全国各地的中型城市一样，开始堵车了。

红军曾在遵义一带转战，多次夺取过娄山关。二渡赤水后红军回师遵义，再一次夺取了娄山关。这是毛泽东在遵义会议后指挥红军取得的一次胜仗，在这次夺取娄山关后，毛泽东的心情很好，写下了流传千古的诗篇《忆秦娥·娄山关》：

西风烈，长空雁叫霜晨月。霜晨月，马蹄声碎，喇叭声咽。

雄关漫道真如铁，而今迈步从头越。从头越，苍山如海，残阳如血。

娄山关前的毛泽东诗碑

如今这诗篇的手迹，刻在娄山关路边一块巨大的由大理石砌成的墙壁上。毛泽东的手书，龙飞凤舞。

这里的战斗遗址已经成为一个著名的旅游景点，要收费。在上娄山关的盘山路上，路两边有许多农家乐旅馆，卖特色菜，也提供住宿。山上很凉快，参观了娄山关战斗遗址后，游客们可以在这里避暑。

彭雪枫将军长征时任红五师师长，他的部队在娄山关和二占遵义的战斗中担任主攻。到延安后，他撰写于1936年的《娄山关前后》，被收入《红军长征记》中，其中写到红军攻打娄山关时曾经有进有退：

当他们前进的时候，一个青年战士同着他的哥哥并行着。半路上他的哥哥被一颗子弹打死了，他并不回顾一下，仍然奋勇前进。现在退回时，张政委回头又看见那个青年战士跟在后头。敌人紧紧追来，大喊道："小赤匪不要跑，捉住你！"大概是想"生擒"吧？我们的青年战士从从容容的一边夹着短马枪，一边闪一闪身回答说："你来呀，你捉我的鸡巴！"

可爱呀，我们坚决的沉着的红色青年！

今天读来，让人觉得不可思议又不胜欷歔！

— —2— —

位于遵义市区的小龙山上，建有"红军烈士陵园"。陵园广场正中是30多米高的纪念碑，上面有邓小平的题词：红军烈士永垂不朽。

碑的左侧不远的地方，有一座巨大的椭圆形坟墓，坟前有一块石碑，上面写着：红军坟。

遵义红军烈士陵园内的红军坟

红军坟的石碑下面有两个很大的石制香炉，香烟缭绕，碑身的下半部呈灰黑色。坟前还立着一尊铜像：一位女红军，左手在怀里揽着一个瘦弱的小男孩，右手拿着汤匙在给他喂药；药还烫，女红军正把汤匙靠近嘴边吹凉，小男孩看着她，满是期盼的目光。女红军的身旁，有一个药罐。

这是我到遵义最想谒见的地方。

在女红军的雕像下面，有两个长方形的石制香炉，焚着许多香。女红军的雕像上，缠着许多的红绸带，身边的药罐上，也缠着红绸带。

红军坟前被民众视如菩萨的女红军雕像

人们传说，红军坟里埋葬的是一位红军长征过遵义时被国民党杀害的红军女军医。她待人友善，医术高明，手到病除。在她坟前拜一拜，可以祛病；摸一摸这尊铜像，可以消灾；坟前的香灰，也是很好的治病良药。

祈福的人太多了，雕像的脚背和手臂，已经磨得光滑锃亮，露出了黄铜的本色。一旁的药罐，也被摸得闪闪发亮。

早在 1935 年 3 月，遵义桑木垭的老百姓就在当地建造了这座红军坟，当时就有许多老百姓在坟前拜谒祈福。1953 年，遵义市人民政府修建“红军烈士陵园”时，这座红军坟由桑木垭迁入烈士陵园，前来拜谒祈福的人们就更多了。

– –3– –

钟有煌将军在长征时任红三军团五师十三团卫生队医生，解放后曾任第三军医大学校长。当年进攻驻守遵义一带的，就是红三军团。钟将军回忆，整个红三军团，都没有女军医也没有女卫生员。就是在整个中央红军参加长征的 8 万人队伍中，也只有 40 名女性，他们多是中央和红军领导干部的妻子，后来都全部安全到了陕北。这埋葬在红军坟里的“女红军”，究竟会是谁呢？

这事长久地困扰着钟有煌将军，后来他经过多方努力，找到了当年在桑木垭修建红军坟的两位当事人，终于弄清了红军坟的来龙去脉。他在回忆录《长征亲历记》中，述说了这件事情。

原来红军坟里埋葬的，是红三军团五师十三团二营的卫生员龙思泉，广西人，一位农村土郎中的儿子，当时只有 18 岁。

部队在遵义出发前，20 里外松木岭的一位青年农民来到二营驻地，请求红军医生去给他父亲看病。他们都听说，红军医生医术高明，免费为穷人看病。龙思泉到病人家中检查给药后，病人病情大为好转。本来他当天要赶回部队的，但天色已晚，病人一家苦苦求他留下，就多待了一夜。第二天他离开时，村里人已经在传说红军医生是神医，有神药。许多人到村头送他。

龙思泉第二天回到驻地时，部队已经开走了。二营驻地的房东刘大伯把他送出村子，指给他部队离开的方向。可没走多远，就遇到几个带枪的地主狗腿子，龙思泉被杀害了。

是房东刘大伯和其他人一起，把龙思泉葬在桑木垭路边山坡前向阳的松树林里。因为不知道这位红军卫生员姓甚名谁，碑上就写了“红军坟”。

后来渐渐地就有老百姓来坟前焚香烧纸，传说他是一位神医，能够显灵给人治病。又传说，坟前焚烧的香灰，也能治病。

流传得最广的，是这样一个故事：

绥阳县石桥一位农民三岁的儿子，发高烧六七天不退，家里都在准备后事了。老奶奶夜里做了一个梦，梦见老祖宗告诉她，孙子的病要吃“红药”才会好。

什么是红药呢？家人联想到遵义的红军坟传说，就到60里外的红军坟前烧香求药，赶回来时已经是后半夜了。传说，求来的“药末”香灰还未进家门，小孩的病情就大为缓解，灌下药末，小孩就清醒了，第二天，小孩全好了。

作为参加了长征的老军医，钟有煌将军对这样的现象作了专业解释。他认为小孩的病应该是病毒性感冒或无名热，这一类病如果没有其他并发疾病，由于人有自身的抵抗力，不医不治不吃药，一周以后也会自愈的。钟将军还解释说，当年遵义的老百姓将红军视为“神医”，以为红军有“神药”，这也和当地老百姓的体质有关。这些穷苦人，平时很少吃药，自身的抗病能力较强，吃一点点药，效果就非常好。当年红军最紧缺的是枪伤药，一般的内科药还有一些，给这些穷苦病人对症服下后，往往是药到病除。老百姓也就以为红军是“神医”，有“神药”了。

正是因为这种种巧合因素，在当地百姓中，红军是“神医”的传说就越传越奇。钟将军认为，可能因为在人们的心目中，卫生员都是女的，传来传去，红军坟的主人，本来是一个男红军，也被传说成了一位女红军。

钟将军有点遗憾，多年来他和一些记者一起，在诸多媒体上报道过红军坟的来历。可至今，在人们的传说中，红军坟的主人，依然是一位女红军。

红军坟的主人在传说中变成一位女红军，未必是因为在人们的心目中，卫生员都是女的。钟将军也无须遗憾，在民间传说中，人们在把“正义”和“慈爱”神化时，往往融进了自己的想象和期待。就像在西方，人们把“自由神”想象成“女神”一样。

我注意看了女红军雕像下面镌刻的文字，这尊雕像是1990年塑的。在人们的传说中，这位治病救难菩萨一样的女红军，也有了自己的名字，叫做“小红”。

——4——

在雕像前面的台阶旁，有一位老太太在卖纸钱和香烛。我有意坐在一旁的树下看，真的有人买了纸钱和香烛，到女红军雕像下跪拜，焚香祈福。

我不知道这算不算迷信。但在这里，我看到了民间信仰的生成。

正是夏季的傍晚时分，红军烈士陵园里人真多。成百上千的人，男男女女，老老少少，一拨接一拨，沿着长长的石阶拾级而上。

九、红原县："红军走过的大草原"

——1——

四川北部的红原县，就是当年红军过草地时走过的理县。1958 年，"理县"改名为"红原"县，县名是周恩来总理亲自改的，就是"红军走过的大草原"的意思。

红原县的日干乔大沼泽，是当年红军过草地时走过的最艰难的一段。

这里海拔在 3000 米以上，连绵起伏的草地和天边的蓝天白云连在一起。草地上的公路也修得很好，乌黑的柏油路蜿蜒着伸向远方。在这样的路上驾车，实在是一种享受。路两边的草地上有星星点点的牛羊，有一两个冒着炊烟的藏民的帐篷，天空中，还有鹰在飞翔。

就在草地上的公路边，有一个纪念碑。到了，红军柳就在这里。

关于红军柳，有多个传说：

当年这里是一片沼泽，一位小红军过草地时，砍了一棵柳树枝做拐杖，经过这里时，小红军不幸陷在沼泽中牺牲了，他手中的拐杖后来生根发芽，就长成了现在的红军柳。

从小我就听红军过草地的故事，知道有许多红军过草地时陷在沼泽中，越挣扎就陷得越深，最后泥浆没过头顶……

有的传说更具体：这位陷在沼泽中牺牲的小红军，是个女娃子，当时还不到 14 岁。

很小的时候我就知道，柳树，是很容易生根发芽的。

可能是气候变化的缘故，当年红军跋涉的这片大沼泽地，现在成了一片草原。在上面行走，地面坚硬，鞋都不会湿。草地上开着一片片蓝色带紫色的小花，或是黄色、白色的小花，色彩斑斓。

到这里之前我就听说过红军柳的故事。

我曾经想象，红军柳孤单地站在一片茫茫的草地上，亭亭玉立。风吹过，柳树轻轻挥动柳枝，似在吟唱，又似在倾诉，也许从没有人会注意倾听，又似乎人们都听到了。

原来红军柳不像我想象的样子。

这里海拔 3000 多米，柳树在这里，已经不会再长得亭亭玉立。眼前的红军柳，是一丛丛的，像夹竹桃一样，一共三丛，红军柳的枝干，只有小孩的手臂那样粗细。

红军长征七十多年了，没有人会追究，七十多年的柳树应该是什么样子。人们也不想追究。红军和红军的故事，在人们心中是可以无限幻化的。

日干乔大沼泽边的红军柳，地面挖开的地方，正准备建一个纪念碑

- -2- -

红军爬雪山过草地的故事，是长征故事的主要内容。说起来，红军走这一段路时，几乎没有什么大的战斗，但这一段路的艰辛留给红军的印象太深了，后来许多长征亲历者的回忆中，令人难忘的就是这一段。

长征初期过广西时的“湘江之战”，红军损失过半，战斗十分惨烈。但那毕竟是发生在一天当中的事情，没冲过湘江的死了，冲过来的也就冲过来了。那是应激状态下的惊险，而不是持续折磨身体极限的艰辛。像“强渡大渡河”、“飞夺泸定桥”这样传奇式的战斗，参与的只是少数战斗部队，大部队中的红军，还就只是行军赶路。只有爬雪山过草地，才是全体长征红军都经历过的苦难。这个时候的红军离开中央苏区已经快一年了，一路战斗行军，没有正常的后勤供应，每一个红军的身体都十分孱弱，爬雪山过草地，也就格外艰辛。

四川宝兴县“红军翻越夹金山纪念馆”门前的主题雕塑

中央红军翻过夹金山只用了一天，过草地用了不到 10 天，有的部队还不到一周。后来流传的红军爬雪山过草地的艰辛故事，更多的是来自红四方面军和红二方面军的经历。由于张国焘和中央红军闹分裂，硬是把已经随中央红军走过草地的一部分红军又召回到川西，后来南下失败后，不得已，红四方面军又再次过草地北上。这样，红四方面军有的部队，过了三趟草地。贺龙率领的红二方面军在川西和红四方面军会合后一同北上，由于大部队长期在川西辗转，这一带的粮食供应已经十分困难，红军饿着肚子在高海拔地区过草地，其艰难可想而知。

夹金山一带的“长征路藏家乐”，长征故事已经和人们的日常生活联系起来

－ －3－ －

在我车上的行囊中，除了大比例尺的地图、《红军长征记》和《红军长征史》两本书，还有一本王树增写的纪实文学《长征》，其中红军过草地一段，写的是真人真事：

九十一师十六岁的小红军谭清林是打旗兵，打旗兵要举着旗子走在连队的最前面，因此谭清林特别留心先头部队留在草地上的毛绒绳，顺着这条弯弯曲曲延伸到草地深处的绳子走就不会迷路，也不会掉到泥潭里去。但是，沼泽中的草墩子往往踩上去就会沉下去一截，接着黑水就泛上来了，谭清林脚下的毛绒绳几次都差点抹在黑水里。进入草地的第四天，一场冰雹过后天降大雪，官兵们只有躲在用手撑起的被单下。雪停了，打旗兵伸出头来先看绳子，却发现毛绒绳不见了。连长命令全连排成一路纵队，一个草墩一个草墩地找。谭清林急得掉了眼泪，四野茫茫，他的红旗不知道该往哪里打了。没能找到毛绒绳，只好原地等待后续部队。一天一天过去了，全连只有谭清林还剩最后一碗炒面，他把这碗炒面倒进炊事班的大锅里，用水搅得稀稀的，让全连官兵每人都喝了一口。后续部队仍不见踪影，这支掉了队的连队必须走了。因为再等只能全都死在这里。有人从泥泞中挖出一种像萝卜一样的东西，咬上去有甜味，于是大家疯狂地吃起来，吃着吃着就有人开始呕吐。另一种长满刺的灌木上结着豆粒大的红果实，红军官兵尝了，没中毒，于是每当发现这种灌木，大家就不顾一切地跑过去。谭清林又饿又累，走着走着，眼前的草墩一晃，人跟着就栽进了泥潭里。那一瞬间，他仍用一只手举着红旗，他想挣扎着爬出来，但是越挣扎陷得越深。卫生员赶快用一根木棍拉他，可是没把他拉出来，自己差点陷进去。后面的官兵看见前面的红旗没了，赶了上来。

一个大个子战士把自己的被子铺在草地上，再取下身上的两支枪，十字交叉地横在被子上，然后几个人趴在被子上一起拉，终于把小红军谭清林拉了出来。队伍继续向前走，来到了一条河边，暴雨使河水涨得很高，先头部队在河上拉了一根铁丝。谭清林下了河，拉着铁丝往前游，游到河中央的时候，铁丝断了，他抱着红旗被河水冲向了下游。连长骑上一匹马，跟着河里的红旗追，然后连人带马冲进河里，让谭清林抓住马尾巴。连长拼命打马朝河岸冲。“别松手，坚持住!”官兵们都在河边喊。喝了一肚子水的谭清林上岸后，呕吐了一会儿，接着，红旗又湿淋淋地竖在队伍前面了。晚上的时候，官兵们围着一堆火，用茶缸煮水喝。一个战士从衣服里像摸宝一样摸出一小块干姜，抠下一些姜末放在了谭清林的茶缸里说：“喝吧，喝了姜水打旗有力气。”喝了热姜水，疲惫的打旗兵和卫生员挤在一起睡了。第二天天亮时谭清林怎么也起不来，身子与地面冻在一起了。连长使劲地摇晃，把他拉起来。他回过身去拉卫生员，卫生员一动不动，仔细看，和谭清林年龄差不多的卫生员已经死了，身体和结着薄冰的大草地一样冰冷。连队继续出发，连长和指导员都落在了后面，他们还在宿营地一遍又一遍地推推这个喊喊那个，他们总觉得那些官兵没有死，只是太累了，睡得很深。这个连队一百多人，走出草地的时候，只剩下不足二十人。

……

小文书邓仕俊因枪伤伤口化脓高烧不止。部队进入大草地后，二十六师政委杨朝礼安排四位战士抬着他。小文书躺在担架上昏迷了好几天，醒来的时候发现抬他的战士只剩三个了。又走了几天，好不容易爬上一座地势稍高一点的山坡，能有块地方坐下来喘口气了。一个战士刚坐下来，身子往后一仰说：“我不行啦!”然后就死了。剩下的两个战士对邓仕俊说：“我们两人一定会把你抬出草地!”邓仕俊的伤口实在痛得厉害,打开一看,皮肉已经完全溃烂了。两个战士建议烧点热水把伤口洗一洗,于是就去捡柴。邓仕俊躺在担架上远远地看着他们。看着看着,其中一个战士在往回走的时候突然栽倒了,倒下的地方瞬间就泛起了一圈圈翻着沫的黑水。只剩下一个战士了,他烧了热水,给邓仕俊洗伤口。邓仕俊问:“同志,把你的名字告诉我吧。”那个战士说:“我叫刘宏,四川巴中人。”又说:“别担心,我结实得很哩!”小文书邓仕俊说:“刘宏同志,趁着还结实,你先走吧!”刘宏说:“丢下伤病员自己走,算什么红军?”在接下来的日子里,刘宏背着邓仕俊走。因为负重他越走越慢,直到落在了全师的最后。没有任何吃的,连皮带都已经煮了,刘宏实在背不动了,邓仕俊一定要他先去赶部队,他对刘宏说:“你赶上了,吃点东西,再回来接我。”刘宏知道已经快出草地了,就把邓仕俊放在一个草坡上,说:“就在这里,别动,我去找人来抬你。”小文书邓仕俊没有在那个草坡上等,他一个人一点一点地爬,当他终于遇到了另一支红军队伍时,已经瘦得让所有看见他的官兵都落了泪。邓仕俊被送到了二十六师师部,杨朝礼政委说:“这不是我们的小文书嘛。”一年以后,杨朝礼政委在战斗中牺牲,邓仕俊听到这个消息的时候大哭了一场。在以后的日子里他总是说:“我的生命不是属于自己的。”

我第一次读到这里的时候,泣不成声。后来再读,也总是眼含泪水。不知为什么,现在站在红军柳旁边再翻看这一段,我没有流泪。

在红军柳旁，我呆呆地望着远方。快要落山的太阳照着这片草叶已经略泛着黄色的草地，四周很安静。有风一阵阵轻轻吹过，草叶起伏，我看到了太阳的光辉。

十、夸父和红军柳

– –1– –

红军柳和我原来的想象不一样，我并不失望。我在红军柳旁冥想，猛然间，我想到了夸父，那个远古的追逐太阳的英雄，他是我们的祖先。我的心中一颤：

> 夸父与日逐走，入日，渴，欲得饮，饮于河、渭。河、渭不足，北饮大泽。未至，道渴而死。弃其杖，化为邓林。

这是中华民族的远古神话：在追逐太阳的过程中，口渴的夸父喝干了渭河，喝干了黄河，又想赶到罗布泊畅饮，还没能赶到那里，他在路上渴死了。夸父的拐杖掉在地上，化成了一片桃林。

夸父的拐杖变成了桃林！

那满山晃动的鲜红的桃子啊，汁水丰沛甘甜，可以为路人解渴，这是夸父最后的奉献。

红军的拐杖变成了柳树！

眼前的红军柳，几乎静止，夕阳中浑身披着金光，只有几片树叶在微风中闪闪发亮，红军柳在述说什么？红军和红军的长征，又给人们留下了什么？

这就是所谓的集体无意识么？通过民族性的遗传，人们会形成某种共同的心理结构和心理能力，到了特定的时候，就会体现出来。

夸父的拐杖变成了桃林。

红军的拐杖变成了柳树。

红军的长征和夸父逐日的壮举联系起来了，红军和我们民族的英雄祖先联系起来了。红军长征的历史讲述，和我们的民族文化传统联系起来了，和我们的民族文化心理联系起来了，和我们的民族精神联系起来了。

－－2－－

连着三个暑假，自驾车走当年红军走过的长征路，走了好久，我才走到这里。

江西于都的“红军长征第一渡”

在长征的出发地于都，我看到人们在村口河边骄傲地竖起“长征第一村”、“长征第一渡”、“长征第一桥”的纪念碑或广告牌，这是当地人的荣耀，也是他们重要的旅游资源和商贸资源。在遵义，我看到了熙熙攘攘的“红军街”，里面商标为“红土地”、“赤水河”的“红军豆干”、“红军竹笋”等“红色商品”，很受顾客的欢迎；还有“红军书店”和“红色书店”，专门卖有关红军长征的书籍、音乐 CD 和影视作品。清晨和傍晚，在街口的茶铺旁，有许多中老年人穿着红军的服装，有的拉二胡、吹笛子，有的演唱：“红军都是钢铁汉，千锤百炼不怕难……”我听出来了，这是《长征组歌》中的一段。在红军烈士陵园，一队小学生在做入队仪式，孩子们戴着红领巾，向红军烈士纪念碑行队礼，在鼓乐声中放声高唱：“我们是共产主义接班人，继承革命先辈的光荣传统……”

清晨在遵义红军街演唱红色歌曲的中老年人

红军长征不再仅仅是书本和银幕上的英雄故事，不再仅仅是“长征正史”中的原因、过程及其价值和意义，红军长征已经和人们的经济生活联系起来，和人们的日常文化活动联系起来。红军长征在历史讲述和艺术讲述之外，有了更加普及广泛的民间讲述。红军长征的民间讲述，不断地让长征故事艺术化，也不断地让长征故事传奇化，不断衍生出更多的新传说，形成生活中的新民俗。和经济效益和日常生活相关联的民间讲述，让长征故事的讲述有了绵延不绝的新动力。

在我看来，史诗，就是历史在反复不断的讲述中逐步地艺术化和民族精神化。在生动持续的讲述中，历史成为民族精神的体现并塑造着民族精神。

而艺术化的最高境界，就是诗化。真美啊，那一株株红军拐杖化成的红军柳！美丽的想象让人心灵震撼，深邃的诗意让人眼含泪水。人的精神，在这里得到净化和升华！

跟随红军长征的道路，我看到了史诗的生成。

浪迹乌鲁木齐，走出诗歌中的新疆

新疆是什么？是闻捷笔下的美丽风光和甜蜜爱情？还是周涛笔下的雄奇山川和博大情怀？抑或是千年历史中黄沙滚滚的铁骑厮杀？还是刀郎歌中世俗而热烈的情爱？……

一、从厦门到乌鲁木齐

——1——

下午三点半，飞机准时降落在乌鲁木齐机场。人事处的竺科长和中文系的书记阿不都拉老师来接我。竺老师是汉族人，清瘦精干。阿不都拉老师是来自南疆和田的维吾尔族，他穿着笔挺的西装，黝黑健壮，脸颊刮得铁青，要不然，一定是满脸的大胡子。一看到他，我就想起了苏联文学中的哥萨克人。

好多维吾尔族人的名字中都喜欢用“阿不都”，据说在阿拉伯语中，“阿不都”有“主的孩子”的意思。这么说，这是维吾尔族全民信奉伊斯兰教之后才有的命名习惯了。

一辆黑色的桑塔纳轿车载着我们离开机场。我给太太打电话，说已经坐上学校的车，放心。这时的乌鲁木齐“七五事件”刚过去不久，街上还在闹“扎针事件”呢。

这天是 2009 年 9 月 23 日。

— —2— —

一到学校，人事处为我做的第一件事就是给办了个工作证。现在进出校园检查得很严，没有工作证，进出不方便。

特殊时期，教学楼前有特殊的告示

到人文学院和领导们见面。欧阳书记是汉族；中文系谢主任是汉族；一位副院长叫阿依达尔，是哈萨克族；阿尔斯兰院长是维吾尔族。阿尔斯兰院长高大英俊，汉语也说得很好。听说他是哈密回王的后裔，看起来似乎真有一种王者气派。

在维吾尔族中，“阿尔斯兰”是一个高贵的姓，在维吾尔语中，“阿尔斯兰”是“狮子”的意思。维吾尔族的祖先回鹘人早先居住在蒙古草原一带，那里自古以来都没有狮子，他们的图腾是狼。这么说，“阿尔斯兰”这个代表王族的姓，也是回鹘人西迁以后，受到西亚文化和伊斯兰文化影响才有的姓了。

－ －3－ －

我的临时宿舍在成人教育学院的三楼，就在新疆大学大门的对面，这一带是维吾尔族聚居区。我常常站在窗前，静静地看街上的景致。

街上行人很少，晚上八点，乌鲁木齐天还没黑，店铺就都关了门，也几乎看不到行人了，只是不时可以看到一队队的武警巡逻队走过。巡逻队或者五人一组，或者十人一组，中间的一人拿着一支冲锋枪，其他人拿着下圆上方的棒子，绿色的，方头上还有两道黄条线。在新疆大学的大门附近，或是再下去一点靠近友谊医院大门口的地方，巡逻队常常要停留一会儿。有时他们站成梅花状，拿枪的人站在中间；有时站成一行，单双数交错着面朝不同的方向。武警们穿着皮质的防暴衣，我注意到了，原来在裆部，也伸出来一块有保护。有的时候，会有一两辆满载着武警的大卡车在街边停下来，在车队的前后放置红黄相间的路障，各站立两名警卫，其他的武警都戴着头盔，拿着玻璃钢的盾牌坐在车厢里，前面有一辆带路的越野车，闪着警灯。

不时会有一两个行人从他们身边走过，有的是维吾尔族，有的是汉族，大家似乎都习惯了，就像没看到他们一样。一两个小时后，卫兵们收拾路障上车，车队启动离去。再过一两个小时，又会有一支车队来到街边这里停留，只是不知道是不是同一支车队。

除了穿着新式迷彩服的武警巡逻队，乌鲁木齐的街头还有好多维护治安的人在巡逻。有的是居委会组织的，都是当地社区的居民，男男女女汉族维族都有，穿着旧式的迷彩军服，戴着红袖套，手里提着黑色的警棍；有的则是穿着黑色制服的特警，身上挂着警棍、手铐、水壶和急救包，佩着手枪，端着防暴枪。在校园里，还会遇到穿警官服巡逻的派出所民警，还有穿着灰色制服的学校的保安。

下雪以前，街头的徒步巡逻比较多；下雪以后，更多的就是车队巡逻了。特警们乘坐蓝白相间的警车，大都是“金杯”面包车或商务车。武警则乘坐军绿色或迷彩色的“勇士”吉普或“依维柯”中巴。居委会的治安队，则开着“昌河”小面包，车身上喷写着“治安巡逻”。在一些重要路段，巡逻车会停留一会。

一个风雪天，友谊医院对面有一家便利店开业，请了两位维吾尔族乐师在门口演奏。一个十四五岁的小男孩响亮地敲着鼓，一个中年男人嘹亮地吹着喇叭，咚咚咚咚，喇喇喇喇，周围半里地，都是民族风格鲜明的乐声，听不出来是欢乐还是忧伤。雪花无声，簌簌地落在地上，街上是稀稀拉拉的行人，路灯昏黄，停在街对面警车上的警灯，一闪一闪。

二、《天山牧歌》中的新疆

- -1- -

我们新疆好地方啊
天山南北好牧场
戈壁沙滩变良田
积雪融化灌农庄
……
麦穗金黄稻花香啊
风吹草低见牛羊
葡萄瓜果甜又甜
煤铁金银遍地藏
……
我们美丽的田园
我们可爱的家乡

差不多60年前，这支名为《新疆好》的歌曲就在全国各地广为传唱了。这支由马寒冰作词、刘炽根据新疆民歌改编的歌曲，曾经被评为“1954年最受欢迎的歌曲”，那个时候我还没出生呢。

新疆很远。在过去，交通又很不方便，大多数的内地人是通过有关新疆的歌曲来了解新疆的。多年来我心目中的新疆，就像这支名为《新疆好》的歌中所唱的那样——天山南北好牧场，风吹草低见牛羊。美丽的田园，可爱的家乡。这支歌在千千万万人的心目中，塑造了一个美丽的新疆。

20世纪60年代，在我是个小孩子的时候，还听过这样一支关于新疆的歌：

火红的太阳照新疆，
新疆是个好地方，
到处唱起了欢乐的歌，
感谢那伟大的共产党。

到了80年代后，一些新疆的民歌也在电台播放了：

阿娜尔罕在哪里？吐鲁番西三百六……

你要是嫁人，不要嫁给别人，一定要嫁给我，带上你的家财，领着你的妹妹，等着我的马车来……

由翟琮作词、施光南作曲，关牧村用女中音演唱的《吐鲁番的葡萄熟了》，大家就更是熟悉：

吐鲁番的葡萄熟了，阿娜尔罕的心儿醉了……

那么多年来，歌中所咏唱的新疆，都是有美丽风光、有异域美女、有甜蜜爱情的好地方。

可等我来到新疆，好像一切都变了样。

— —2— —

欧阳书记在全院教师大会上向大家介绍说，我是厦门大学的博士、教授，因为喜欢新疆，主动要求调到人文学院工作，还说来这边工资都少了一半。大家礼貌地鼓掌。我注意看了一下，教职工中，差不多汉族老师占一半，少数民族老师占一半。

后来私下聊起来，几乎所有的汉族老师都对我的举动很好奇，也很不理解。我不知道他们心里是怎样评价我的，倒是有一次和维吾尔族教授热依拉老师聊起来，她说，到处在在也挺好的。

新疆大学秋景

- -3- -

“有病！看来你是真有新疆姑娘情结了。”上大学时同宿舍的老友知道我真的来了新疆，打电话训斥。

30 年前上大学时，我很认真地读了闻捷的诗集《天山牧歌》，当年闻捷在新华社新疆分社干过，这部诗集是 1956 年由作家出版社出版的。

我常在宿舍里朗读这些诗篇：

苹果树下那个小伙子，
你不要，不要再唱歌；
姑娘沿着水渠走来了，
年轻的心在胸中跳着。
她的心为什么跳啊？
为什么跳得失去节拍？
……
春天，姑娘在果园劳作，
歌声轻轻从她耳边飘过，
枝头的花苞还没有开放，
小伙子就盼望它早结果。
奇怪的念头姑娘不懂得，
她说：别用歌声打扰我。

小伙子夏天在果园度过，
一边劳动一边把姑娘盯着，
果子才结得葡萄那么大，
小伙子就唱着赶快去采摘。
满腔的心思姑娘猜不着。
她说：别像影子一样缠着我。

淡红的果子压弯绿枝，
秋天是一个成熟季节，
姑娘整夜整夜地睡不着，
是不是挂念那树好苹果？
这些事小伙子应该明白，
她说：有句话你怎么不说？
……
苹果树下那个小伙子，
你不要，不要再唱歌；
姑娘踏着草坪过来了，
她的笑容里藏着什么？
……
说出那句真心的话吧！
种下的爱情已该收获。

这是闻捷的《苹果树下》。闻捷还写有一首《葡萄熟了》：

马奶子葡萄成熟了，

坠在碧绿的枝叶间。
小伙子从田里回来了，
姑娘们还劳作在葡萄园。

小伙子们并排站在路边，
三弦琴挑逗姑娘心弦。
嘴唇都唱得发干了，
连颗葡萄籽也没尝到。

小伙子们伤心又生气，
扭转身又舍不得离去。
“吝啬的姑娘啊！你们的葡萄准是酸的。”

姑娘们会心地笑了，
摘下几串没有熟的葡萄，
放在那排伸长的手掌里，
看看小伙子们怎么挑剔。
……
小伙子们咬着酸葡萄，
心眼里头笑眯眯：
“多情的葡萄！她比什么糖果都甜蜜。”

吐鲁番风干葡萄的土坯房

这真是两首写得啰嗦的诗，可那时就是爱读。现在看来，后来广为传唱的那首《吐鲁番的葡萄熟了》，还就是从这两首诗中化出来的。歌中说：“克里木参军去到边哨，临行时种下了一棵葡萄，果园的姑娘阿娜尔罕哟，精心培育这绿色的小苗。”后来果子成熟了，两人的爱情也成熟了。“吐鲁番的葡萄熟了，阿娜尔罕的心儿醉了。”

闻捷《天山牧歌》的一个特点，就是在歌唱新疆这一美丽的好地方时，还注意歌唱新疆美丽的少数民族姑娘，歌唱在新疆这一遥远地方发生的甜蜜爱情。那个时候，诗歌中是很少歌唱爱情的，闻捷的诗歌歌唱了爱情，对我们这些毛头小伙来说，就有特别的吸引力。当然，闻捷在那个时候歌唱的爱情，都是“积极向上”的爱情。诗中美丽的姑娘们所青睐的，是获得“奖章”的“战斗英雄”或“劳动模范”，闻捷在他的《种瓜姑娘》这首诗中，就是这样写的。一位小伙子苦苦追求一位姑娘，最后姑娘这样拒绝他：

> 枣尔汗愿意满足你的愿望，
> 感谢你火样热情的歌唱，
> 可是，要我嫁给你吗？
> 你衣襟上少着一枚奖章。

除了这种“积极向上”的爱情，在闻捷的《天山牧歌》中，也有带边地色彩和少数民族风情的“甜蜜爱情”。“姑娘追”是哈萨克族的习俗，姑娘和小伙子一起赛马，要是被姑娘追上了，小伙子就得由姑娘用马鞭任意抽打。闻捷在《赛马》这首诗中写到，姑娘追上了小伙子，但这是一对恋人，姑娘舍不得真打：

> 我是一个聪明姑娘，
> 怎么能叫他有一点难堪？
> 为了堵住乡亲们的嘴巴，
> 最多轻轻地打他一鞭。

我在宿舍里朗读这些诗篇的时候，有时故意夸张地读得声情并茂。同学们就取笑说，是不是隔着千山万水的，爱上新疆的少数民族姑娘了？

闻捷在《天山牧歌》中歌唱“积极向上的爱情”和“甜蜜的爱情”，他把这样的“爱情”放在遥远的、有着雪山牧场和少数民族美女的“新疆”，这一招对我很有杀伤力。我那时对这些诗歌很着迷，很向往那种向上的、甜蜜的，同时又是“远方”的“爱情”。单单是那些姑娘带有异域情调的名字，就让我心神往之了。那时我很想大学毕业后就到新疆去工作，受《天山牧歌》的影响，做一个“战斗英雄”或“劳动模范”来换取芳心的想法也不能说一点都没有，但更多的还是想，只要能在雪山牧场的环境中，在“阿娜尔罕”、“阿依古丽”或“古兰丹姆”那里得到“爱情”，也就此生无憾了。

– –4 – –

9 月底的新疆，树叶都黄了。

新疆大学内的主干道

新疆和内地有两小时的时差，中午12点正是校园里下了第一、二节课，准备上第三、四节课的时候。校园主干道上都是来来往往的学生。一眼望去，似乎全都是少数民族的学生，给人一种异样的感觉。

新疆是多民族聚居区，主要有维吾尔族、汉族、哈萨克族、回族、柯尔克孜族、蒙古族、塔吉克族、锡伯族、满族、乌孜别克族、俄罗斯族等。新疆的各少数民族大都长得和汉族不一样，鼻梁高，眼窝深。不知为什么，看着那些少数民族的女学生说说笑笑地从我身边走过时，我一下子就想到了迪拜的美女和吉尔吉斯的姑娘。

本书作者在吐鲁番葡萄沟与维吾尔族姑娘合影

一开始我觉得这些少数民族的女生全都是美女，个个都很漂亮。后来慢慢看多了，才发现原来漂亮的大致也就是十之一二。这有点像我们初到欧美国家的感觉，因为长得特别，一开始觉得老外们都很漂亮，看多了，才发现大多数人的长相都还是普通一般的。汉族中，十之一二的女孩，也很漂亮。

我后来在新疆走过许多地方，还有一个感受，那就是各少数民族的美女，就新疆大学最多、最漂亮。也难怪，新疆各少数民族的精英都考到新疆大学来了。美女也要受过教育才会更显美丽，正是“腹有诗书气自华”啊。

我看到校园里的少数民族女生，比汉族女生更爱打扮，描眉画眼的更多。她们几乎都不穿本民族的服装了，都是时装。天凉了，大都是穿牛仔裤，穿裙子已不多，脚上也是穿高跟皮鞋，还有好多穿类似“匡威”的球鞋，穿靴子的也不少。和汉族女生不同的是，她们喜欢披着一块头巾，极少数的还戴顶小花帽。我还看到过两个少数民族的女生一同在校园里走，一个头发烫成金黄的大波浪，穿着皮衣皮裙，长筒靴，耳朵里还戴着 MP3，很时髦，另一位则穿着罩住全身的长袍，包着头巾。两人一边走，一边有说有笑。

我后来知道了，新疆大学的学生，大致是汉族学生占一半，少数民族学生占一半，而且汉族学生还要稍多一些。但因为少数民族学生长得和汉族学生不一样，非常抢眼，给我的感觉，就是大多数都是少数民族学生了。

三、突厥语诗歌和阿凡提

——1——

国务院新闻办有关新疆历史的白皮书中是这么说的："回鹘，原称回纥，是铁勒（中国古族名）诸部之一，最初活动于色楞格河和鄂尔浑河流域，后迁居土拉河北。744 年，发展壮大了的回鹘于漠北建立政权，并两次出兵帮助唐朝中央政权平息'安史之乱'。840 年，回鹘汗国因自然灾害侵袭、统治集团内讧和黠嘎斯（中国古族名）的进攻等原因而崩溃，其部众大部分向西迁徙。其中一支迁往今吉木萨尔和吐鲁番地区，后建立高昌回鹘王国；还有一支前往中亚草原，分布在中亚至喀什一带，与葛逻禄、样磨等民族一起建立了喀喇汗王朝。自此，塔里木盆地周围地区受高昌回鹘王国和喀喇汗王朝统治，当地的居民和西迁后的回鹘互相融合，这就为后来维吾尔族的形成奠定了基础。"

看来，相关史书的记载是对的。以我的观察，吐鲁番、哈密一带的维吾尔族，可能是和蒙古人及汉人的交往较紧密，他们的脸型较宽，蒙古人种的特征较多，胡须也少；喀什一带的维吾尔族，或许是和中亚和西亚的交往更密切，他们的脸型较窄，胡须更多。这两个地方的维吾尔族，在体貌特征上有较明显的差异。在文化上，当年的这两支回鹘人也是有着较大的不同的。喀喇汗王朝信奉伊斯兰教，高昌回鹘王国原本信奉的是佛教，在逾百年的时间里，喀喇汗王朝向高昌回鹘王国发动过多次传教的“圣战”，后来，回鹘王国的民众逐步改宗了伊斯兰教。

从高昌回鹘王国和喀喇汗王朝的诗歌中，似乎也能看出这样的历史文化关系。

这是一首很著名的高昌回鹘王国时期的诗歌：

乌云滚滚，
是要落雨下雪吗？
我那年迈的母亲，
是因忧伤而流泪吗？

春云（雷）滚滚，
是要落雨吗？
我那年轻的妻子，
是在落泪吗？

秋云翻滚，
是要下大雨吗？
我那心爱的两个幼子，
是在流眼泪吗？

这种复沓并列或复沓递进的形式，和《诗经》中的好多民歌很相像，或许是高昌回鹘王国和中原文化的联系较多，所以在诗歌中也就留下了相互影响的痕迹吧。

像这一首《赞观世音》，不仅有复沓照应的形式，也显现了当时高昌回鹘王国的佛教信仰：

他生自波头摩（红莲）莲花，
他盘膝坐在，
有光轮的月中。

他有洁白的四臂，
他身上饰满珠宝，
他头戴宝冠，
腰束花色的锦带。

他满足人们的一切要求，
有如纯洁的圣珠。
他作导人入内的法印，
有如张开的莲花。

11 世纪的时候，出生在新疆喀什的学者麻赫穆德·喀什噶里用阿拉伯语编写了一部《突厥语大辞典》，作为词条释义时的例证，其中选录了 200 多首（节）突厥语诗歌，这些诗歌有的描绘放牧狩猎的情景，应该是还处于游牧时期的民歌，就像这一首：

匹匹野马都很活跃，

盘羊羚羊麇集一道，
争先恐后奔向草原，
成群结队欢蹦乱跳。

麻赫穆德·喀什噶里在后面注释说：“这样描写春天：春天来了，野马成群欢蹦乱跳，盘羊、羚羊聚集在一起，它们朝草原走去，排成一行行跳跃着向前奔驰。”这确实是一幅欣欣向荣的草原场景。再看这一首：

骏马在疾驰飞奔，
马蹄下溅出火星；
火星点燃了枯草，
火焰在熊熊燃烧。

麻赫穆德·喀什噶里在后面是这样注释的：“描写马的飞驰说：骏马奔腾蹄下冒出火星，燃烧起干叶枯草。”这样的事情在游牧民族的生活中恐怕还不是夸张，有可能是真实的场景，诗歌中的表达确实独特而又传神。

其中的一些诗歌，涉及“异教徒”和宗教战争，折射出回鹘人的伊斯兰化进程，如：

一个塔特冲我来，
我令异类倒尘埃。
化作禽兽口中食，
狼鹫撕尔成碎块。

这里所说的“塔特”，指的就是“异教徒”。麻赫穆德·喀什噶里在这首诗歌的后面特别注释说，这“异教徒”就是“回鹘人”，联系历史事实看，也就是高昌回鹘王国的回鹘人。有的诗歌，还具体呈现了这种宗教战争的场景：

我们势猛如山洪，
攻破他们座座城。
佛堂庙宇全毁掉，
菩萨身上撒泡尿。

在这首诗的后面，麻赫穆德·喀什噶里作了这样的注释说明：“这样描述对回鹘人的战斗：我们如洪水一样冲向他们，占领了他们的城市，毁坏了他们的寺庙，在佛像上屙了屎。穆斯林的习惯就是这样，侵入了异教徒的地区时，为了侮辱他们而在佛像头上拉屎撒尿。”

《突厥语大辞典》中所引述的诗歌，有相当大一部分是情歌。男女情爱毕竟是现实人生中的一个重要内容，也是诗歌所咏唱的一个基本主题。

下面这两首都是描绘美人的：

俘获我的是那双迷人的眼，
还有乌黑的痣、红扑扑的脸。
流露出万般柔情和娇艳，
将我俘获了，却又远远躲闪。

是谁说过，有谁听过，
月亮的家是杜松的枝桠。

对后面这首，麻赫穆德·喀什噶里在诗歌的后面有注释：“诗人将爱人的面容比作月亮，体态比作杜松而这样说：月亮的住处在杜松的枝间，这话谁说过，又有谁听过？”

确实写得不错。类似的情歌还有一些，有的也说到美人的脸上要有黑痣，这样才更加迷人；还常用松树等来比拟美人的身段。这其中既显现了特殊的审美观，在捕捉形象、展开联想方面，也呈现出高超的艺术表现能力。

这些诗歌都没有复沓并列或递进的形式，说明这些流传在喀喇汗王朝的诗歌，离汉语诗歌的影响较远。

－－2－－

一提到新疆，人们还会想到阿凡提。以前我以为阿凡提就是个机智幽默的维吾尔人，骑着小毛驴。后来看了戈宝权先生的一篇文章才知道，原来阿凡提的原型是一位土耳其人。土耳其的一些学者对此已做过相当详细的研究。按照他们的说法，阿凡提是13世纪的土耳其人。土耳其学者根据地方档案，知道了阿凡提父亲的职业，找到了阿凡提接受其父亲赠予财产的证明。他们还考证出阿凡提曾经做过伊玛目和宗教学校的教师，甚至确定了阿凡提的出生地、生卒年月和他在阿克谢希尔的墓地。在伊斯坦布尔的托普卡皮博物馆，还有一张18世纪的阿凡提小型画像。

不过前苏联的学者反对这样的说法，他们认为阿凡提是东方各民族共同创造、不断发展完善的文学类型人物。要不然，就无法解释阿凡提的故事很早就在土耳其之外的波斯、中亚、高加索、中国新疆等地广泛流传的事实。

戈宝权先生认为，由于语言的便利，维吾尔语属突厥语系；宗教的同一，维吾尔族信奉伊斯兰教；再加上新疆地处丝绸之路的必经之地，是各种文化交流的枢纽，早先流传在土耳其和中亚一带的阿凡提的故事，自然也就传入新疆，同时，也融入了维吾尔族的文化内涵。

据戈宝权先生的介绍，阿凡提的故事进入汉语世界，迄今还不到60年。1955年，在北京出版的《民间文学》7月号最早向汉语读者翻译介绍了在新疆维吾尔族中广为流传的阿凡提的故事。后来，以阿凡提故事为蓝本的各种故事、连环画、动画片、歌剧等纷纷出现，阿凡提成为一个在中国家喻户晓的文学形象。

戈宝权先生介绍说，“阿凡提”在突厥语系中是“老师”和“先生”的意思。在维吾尔语、乌孜别克语和塔吉克语中，“阿凡提”发音相近。按土耳其学者的说法，阿凡提的本名叫纳斯列丁，为表尊敬，在前面加“霍加”，也是“老师”和“先生”的意思。“阿凡提的故事”在维吾尔语中通常说“纳斯列丁·阿凡提蓝提凡”，“蓝提凡”是“奇特的言行”或“笑话”、“趣事”的意思。“阿凡提的故事”，应当译为“阿凡提笑话”才准确。

我想现在到了新疆，可以问一问维吾尔族同学是不是这样了。没想到的是我授课的汉语文学班，竟然没有一个维吾尔族同学。

我打听了一下才知道，在新疆大学，汉族同学和少数民族同学大都是分开编班上课的。像人文学院，维吾尔文学班大都是维吾尔族同学，有时也会有几个哈萨克族同学；汉语文学班，则大都是汉族同学，有时也会有一两个“民考汉”的同学，也就是从小就接受汉语教育的少数民族同学，但一般也就一两个，刚好我授课的06汉语文学班，连一个都没有。

我原来以为在新疆大学上课，教室里会像歌里唱的“各民族兄弟欢聚一堂”，原来不是这样。

四、“慢慢会好起来的”

--1--

从新疆大学大门口往北走大约300米，有一家叫做“皎哈尔”的维吾尔族餐馆，平时看见客人挺多，有一天我也进去吃晚饭。要了烤羊肉串和手抓饭，手抓饭是维吾尔族很有特色的主食，米饭中混有羊肉和胡萝卜，也有甜的抓饭，米饭中混的是胡萝卜、葡萄干和枣子，现在的手抓饭都不再用手抓了，盛在一个盘子里，用勺子吃。

进去后就觉得有点异样，吃饭的客人不少，可除了我，餐馆里没有汉族人。这样的清真餐馆中是不能喝酒的，我想点瓶装的葡萄汁或石榴汁，可跑堂的维吾尔族小姑娘听不懂我的话，后来她用一个大盘子把店里有的饮料都端上来，让我自己挑。

我是在云南长大的，云南有 23 个世居民族，少数民族种类比新疆更多，但在云南，所有的少数民族上学时都受过汉语教育，都会说一点汉语，在年轻人中，听不懂汉语的情况几乎没有。新疆的这一情况倒是很特别，就是在乌鲁木齐这样的大城市中，还是经常会碰到几乎听不懂汉语的维吾尔族年轻人。

一直到吃完饭，餐馆里都只有我一个汉族人，让人有点不自在。

我看了，在新疆，像卖葡萄干、核桃等干果，卖烤羊肉串，卖民族头巾和挂毯，卖工艺小刀，这些维吾尔族传统的经商领域，现在都有汉族人在做。只有“打馕”这个行业，没有汉族人做，也不知是为什么。

在新华路边的一个烤馕店，我看到窗口挂着这样一个小牌子：民族团结，馕一元一个。我还到过一家很有名的叫做“嘉穆”的维吾尔族餐馆吃饭，听说这家餐馆有一位维吾尔老人的演唱非常棒，到那里后才知道，现在生意不好，老人回南疆了，没有听到。这家餐馆楼上楼下有四五十张餐桌，除我之外，只有三桌客人在吃饭，都是维吾尔族。吃着吃着，我都有点心虚了，我想起刚才上来吃饭时，门口穿着民族服装吆喝生意的维吾尔族小伙子：长袍、高筒靴，戴着高高的皮帽子，腰上还挂着一把阿拉伯式的弯刀。

— —2— —

我到国际大巴扎里面的家乐福去买一些生活用品。

乌鲁木齐的维吾尔族，主要聚居在二道桥一带，国际大巴扎就在二道桥，“巴扎”在维吾尔语中是“集市”的意思。

二道桥的国际大巴扎

国际大巴扎是新疆最大的民族特色商品销售中心，也是乌鲁木齐一个重要的旅游景点，到新疆的游客，几乎都要到国际大巴扎。

除了卖和田玉、英吉沙小刀、民族挂毯和头巾、各种干果的商铺和摊点外，国际大巴扎里，也有肯德基，还有家乐福。

我在家乐福买了冰箱和洗衣机，这些可以送货；还买了一个电饭锅和一个电磁炉，却要我自己拿回去。在大巴扎门口招的士，的士一辆辆地开过去，有的明明是空车，可就是不停。我后来问过的士司机，他们说，这一段时间他们不愿在那一带停车。

一辆“黑车”在我面前停下来，开车的是一个维吾尔族中年人，问我要去哪里。乌鲁木齐像这样出来揽私活的“黑车”不少，听说以前警察还管一管，现在也就睁一只眼闭一只眼了。

我招不到的士，提着不少东西，又不知道到哪里去坐公交车，心想大白天的，就上了车。招的士到新疆大学要 6 块，坐“黑车”得事先说好价钱，10 块。

买了个锅？他友善地问我。我说，是的。

他的车里还用着 GPS 导航仪，提示音是汉语，说明他是懂汉语的。我们彼此都想说点什么，可又不知要说什么，就一直沉默着。

有一天夜里我到机场接人，但大雪和大雾让航班又飞回去了。夜里 11 点多我一个人从机场回来，拉开的士车门才发现是一个维吾尔族司机，机场的的士都是排着队的，我犹豫了一下，还是坐了。在乌鲁木齐，不大容易遇到维吾尔族的士司机，听说全市的出租车中，只有 5% 的维吾尔族司机。

这位维吾尔族司机是个见过大世面的人，他说他到过“口里”，也就是去内地倒过皮子，去过青海、西藏，也去过北京、上海、广州。维吾尔族人说的普通话，往往带着轻重长短音。“广州嘛，热得很。我一下飞机，喔……”他一边说一边两手离开方向盘，掀自己的衣服。外面正下着雪，路滑，车速又快，我挺担心。他还说，很多年前他到过四川的德阳卖过烤羊肉串，“就是地震的地方嘛”。他说当地的工商局对他们很好，很快就给办了执照，还说那时大家都认为新疆人有钱。“现在嘛，新疆工资低，房子嘛，贵……”一路上我们聊得不错，我告诉他我刚上车时的犹豫。他说：“两个民族嘛，不放心了。前不久嘛，你们不敢坐；我们嘛，不敢拉。”

我说：“慢慢会好起来的。”他接着重复了我的话：“慢慢会好起来的。”

五、新疆不是“新的边疆”

新疆过去被称为西域，早在公元前两百多年，汉人就在经营这片土地。公元前 60 年，汉代在这里设置了“西域都护府”，行使行政管辖权。《史记》和《汉书》就记录了许多经营西域的人和事，像张骞通西域、苏武牧羊、飞将军李广、斩楼兰、班超投笔从戎博封侯的故事等，世代流传，几近家喻户晓。

1878 年，左宗棠率兵从阿古柏手中收复了新疆。经过谈判，1882 年，沙俄被迫归还了其先前侵占的伊犁地区。左宗棠极力主张在天山南北建立“新疆”省，1884 年，清廷正式设立“新疆”省。左宗棠在给清廷的奏折中说：“新疆”的意思是“他族逼处，故土新归”。

清朝时期，云南的乌蒙地区，贵州的黔东南一带、安顺附近，四川大渡河上游的大、小金川地区，都曾被称作“新疆”。平定准噶尔部之后，清政府将古称西域的天山南北地区，也称为“新疆”。“新疆”行省建立后，其他那些曾被称为“新疆”的地方，就不再这么称呼了。

阿古柏是中亚浩罕汗国（在今乌兹别克斯坦境内）的军事头目。1865 年 1 月，乘新疆局势混乱之机，在英俄的支持怂恿下，他带着 68 人越过边界进入新疆南部，利用分裂势力，很快攻占了英吉沙尔和喀什噶尔汉城，第二年，又攻占了叶尔羌、和阗。1870 年，阿古柏出兵北疆，攻占了吐鲁番和乌鲁木齐，控制了新疆的大部分地区。其时清政府内外交困，已经无暇西顾。1871 年，俄国乘机出兵占领了时为新疆军政中心的伊犁地区。

对是否及时收回新疆，清廷内部爆发过“海防”与“塞防”之争。

新疆沦陷以后，清政府的军力、财力捉襟见肘，身为“内阁大学士”的清廷重臣曾国藩就曾提出过“暂弃关外，专清关内”的主张。1874 年 5 月，日本入侵台湾，海防告急，“北洋大臣”李鸿章又提出应该“撤停塞防”以加强“海防”。在李鸿章看来：“新疆乃化外之地，茫茫沙漠，赤地千里，土地瘠薄，人烟稀少。乾隆年间平定新疆，倾全国之力，徒然收数千里旷地，增加千百万开支，实在得不偿失。依臣看，新疆不复，与肢体之元气无伤，收回伊犁，更是不如不收回为好。”他认为当时海防塞防两者“力难兼顾”，主张放弃塞防，将“停撤之饷，即匀作海防之饷”。

时任“陕甘总督”的左宗棠不同意这种“新疆无用”论和“得不偿失”论。1875 年 4 月，左宗棠上了一道约五千言的奏折，详细论述了收复新疆的必要性。他从经济的角度说明新疆并非“赤地千里”，“天山南北两路粮产丰富，瓜果累累，牛羊遍野，牧马成群。煤、铁、金、银、玉石藏量极为丰富。所谓千里荒漠，实为聚宝之盆”。他又从政治和国防的角度阐述新疆重要的战略意义：“我朝定鼎燕都，蒙部环卫北方，百数十年无烽燧之警……是故重新疆者所以保蒙古，保蒙古者所以卫京师……若新疆不固，则蒙部不安，匪特陕、甘、山西各边时虞侵轶，防不胜防，即直北关山，亦将无晏眠之日。而况今之与昔，事势攸殊。俄人拓境日广，由西向东万余里，与我北境相连，仅中段有蒙部为之遮阂。徙薪宜远，曲突宜先，尤不可不豫为绸缪者也。”也就是新疆保不住，则其他地方也难保，到时海防也就无济于事了。

左宗棠以一种统观全局的眼光指出：“东则海防，西则塞防，二者并重”，坚决反对“撤停塞防以补海防”。他说：“若此时即拟停兵节饷，自撤藩篱，则我退寸，而寇进尺，不独陇右堪虞，即北路科布多、乌里雅苏台等处恐亦未能晏然。是停兵节饷，于海防未必有益，于边塞则大有所妨。”他强调收复新疆，势在必行。

也算清廷明白，采纳了左宗棠当务之急是出兵收复新疆的主张。1875 年 5 月，清政府任命左宗棠为钦差大臣，督办新疆军务，拥有筹兵、筹饷和指挥全权。左宗棠受任后，立即准备进军新疆。

这时的左宗棠已经 64 岁了，自称是“头白临边”。但他从青年时代起，就对西北边疆非常关注。22 岁时左宗棠第一次到北京参加科举会试，那时写成的组诗《燕台杂感》中，就已经显现了他对新疆“置省，开屯”等“时务”的思考。1838 年，第三次参加会试不中回家后，左宗棠认真阅读了《西域图志》。1850 年 1 月，左宗棠与曾谪戍新疆的林则徐会面时，两人还在一起探讨过“西域时务”。

正是凭着对新疆情况的充分了解，左宗棠制定了“先北后南”、“缓进急战”的战略方针。他深知在战线长达数千里的西北作战，军粮的筹集和运输都相当困难。他常说“粮、运两事，为西北用兵要着”。还在 1874 年，他就指示其时已经进驻哈密的清军屯田、垦荒两万亩，收军粮几万石。左宗棠尽其所能，为收复新疆做了充分的后勤准备。

由于战略得当、准备充分，左宗棠收复新疆的战事进展得很顺利。

1876 年 4 月，左宗棠从兰州移驻肃州（今酒泉），就近指挥新疆战事，各路大军陆续西行出关。1876 年 8 月上旬，清军避开供水困难的大道，走敌虽严密防守但水源充足的小道，出敌意外地迫近乌鲁木齐北面重地古牧地（今米泉）。清军用大炮轰塌城墙，17 日从缺口冲入城内，18 日收复乌鲁木齐，一共歼敌 5000 余人。11 月 6 日，占领玛纳斯南城，天山北路为阿古柏军占领之地全部收复。

这时已经是冬季，大雪封山，清军就地筹粮整军。

次年开春之后，1877 年 4 月，左宗棠指挥清军进军南疆。19 日破达坂城，毙俘敌 3000 余人。守卫托克逊的阿古柏次子海古拉在 4 月下旬弃城西逃。吐鲁番守敌一部分西窜，一部分投降，南疆已经门户洞开。阿古柏见大势已去，5 月下旬于库尔勒气急暴病而死，也有的说是绝望自杀，又有一说是被人毒死。阿古柏军队退至喀喇沙尔（今焉耆）、库尔勒等地防守。后来阿古柏长子伯克·胡里在喀什噶尔（今喀什）称王，企图在英俄庇护下负隅顽抗。

10 月，清军以破竹之势，驰骋 2000 余里，收复喀喇沙尔、库车、阿克苏、乌什等南疆“东四城”。“西四城”叶尔羌（今莎车）、英吉沙尔（今英吉沙）、和阗（今和田）、喀什噶尔（今喀什）陷入孤立包围之中。12 月中下旬，清军连克喀什噶尔、叶尔羌、英吉沙尔。伯克·胡里等率残部逃入沙俄境内。1878 年 1 月 2 日，清军攻克和阗。至此，整个新疆除沙俄侵占的伊犁地区外，全部收复。

1871 年沙俄用武力侵占伊犁时，左宗棠即对沙俄不断扩张的野心深怀担忧，看到沙俄的侵吞“蓄谋既久，发机又速，不能不急为之备”，决心要义无反顾地“与此虏周旋”。消灭阿古柏后，左宗棠审时度势，认为只靠外交必不能收回伊犁，应“先之口舌，继以兵戎，事无不济”。

在曾纪泽赴俄重开谈判时，左宗棠在新疆积极备战，定出了三路进兵伊犁的策略。1880 年 4 月 18 日，左宗棠携棺木出关西征，表示要与沙俄决一死战。沙俄迫于阿古柏势力已彻底失败，左宗棠正积极部署进军伊犁的形势，同意与清政府举行谈判。经过长期反复交涉，1881 年初签订《中俄伊犁条约》，中国收回了伊犁和特克斯河上游两岸领土。

以左宗棠对中国西部边疆的深切了解，他认为在遥远的边塞用兵，“兵不在多而在精”，出征新疆的大都是来自其家乡湖南的子弟兵，共六七万人。收复新疆后，左宗棠除建议设置行省外，尤其注意在当地兴修水利、铺筑道路、屯田植树，组织军民在绵延上千里通往内地的道路旁都种上了保持水土的柳树，这些柳树后来被称为“左公柳”。1879 年，清人杨昌濬写了一首七绝这样颂扬左宗棠的功绩：

大将筹边尚未还，
湖湘弟子满天山。
新栽杨柳三千里，
引得春风渡玉关。

吐鲁番一带的火焰山

六、汉朝屯垦及“八千湘女上天山”

--1--

从汉朝起，对西域（新疆）的经营不仅只是战事，也有屯垦和移民。

公元前169年，西汉政治家晁错就曾经给汉文帝上书，建议“募民实边”。对此晁错说得十分有条有理：当时匈奴不断攻掠汉朝北部边境，若边境守兵少，敌军即会攻入，朝廷若不驰援，边民难免绝望降敌；若派兵驰援，兵少无法拒敌，兵多则行动难免迟缓，赶到时敌军早已逃走。如果在边境驻扎大军，路途遥远，军费开支大，朝廷难以长期支持。但若撤兵，敌军又来攻掠。晁错还说，按当时的制度，派到边境的守兵，又每年换防，不熟悉地形和敌军情况，战斗力也就不高。因此他建议从内地招募罪犯、奴婢、农民到边境，和守军一起，平时种地，战时戍边。晁错的这一建议，开汉朝在新疆屯垦的先声，也促成了后世历朝历代绵延不绝的边疆屯垦。

公元前105年，汉武帝把细君公主嫁给伊犁河谷流域的乌孙王，派兵数百人到眩雷，也就是今天的伊犁河谷一带屯田，这是汉人最早在新疆开始的屯田。司马迁的《史记·匈奴列传》中对此有记载：“又北益广田至眩雷为塞，而匈奴终不敢以为言。”

整个汉朝时期，不断派兵出人到新疆轮台、渠犁（今库尔勒）、高昌（今吐鲁番）、交河、楼兰（今罗布泊西北）、伊循（今若羌）一带屯田。公元前60年，汉朝在新疆设立“西域都护府”，驻乌垒城（今轮台东），统领新疆军政和屯田，更把屯田延伸至北胥（今莎车）、焉耆、龟兹（今库车）、姑墨（今阿克苏）、赤谷（今吉尔吉斯斯坦伊塞克湖东南的伊什提克）等地。据相关统计，西汉时期军民约在新疆屯垦耕地50多万亩。

汉朝的屯垦主要是“军屯”，劳动者为现役军人和带眷官兵的家属。平时一年一换，战时多年一换。实行供给制。屯田所需田地、农具、种子、房屋、口粮、衣服、武器等由国家统一供给，屯田产品全部归官府，由国家另发官兵不同的俸禄。每个官民种地20亩左右。另外还有少量的“犯屯”和“民屯”，“犯屯”是充军到新疆的罪犯的屯垦点，“民屯”则是政府用优惠条件招募的内地农民的屯垦点。

其后历朝历代，中原王朝大都参照汉朝的屯垦形式，断断续续地保持着在新疆屯垦的传统。两千年来，新疆屯垦发展的历史轨迹也很清晰：国力强盛时，在新疆的屯垦就得到加强；国力衰退时，在新疆的屯垦就减弱。在唐朝、元朝，屯垦在新疆得到很大的发展；五代、宋、明时期，新疆的屯垦明显衰退。清朝以后，新疆的屯垦又得到恢复和发展。民国时期，新疆地方政府还在苏联专家的帮助下，在新疆开展屯垦。

- -2- -

新疆屯垦的大发展，是在新中国成立以后。

1949 年 10 月解放军进军新疆，新疆和平解放。1954 年 10 月，中央人民政府命令驻新疆的解放军大部就地转业，脱离国防部队系列，组建新疆生产建设兵团，在新疆屯垦戍边。

为了让这些官兵能够长期在新疆屯垦戍边，20 世纪 50 年代，兵团领导王震将军还专门组织人员到内地去招收女学生和女青年，让她们到新疆生产建设兵团工作，既增加新的劳动力，又可解决官兵们的配偶问题。这样的屯垦，也就可以世代相传了。

现在有好多书都是这样写这件事情的，说女青年们到来时，接她们的男兵们一阵阵地欢呼。其中影响较大的是一部叫做《八千湘女上天山》的电视剧，讲从湖南招到新疆生产建设兵团屯垦的“八千湘女”的故事。当时基本上是以组织“配对”的形式让她们和男兵们谈恋爱，而且大都谈成了。后来有人统计过，这些 50 年代“组织配对”的婚姻，即便到了 80 年代，离婚办理已经很方便的时候，离婚率并不高。

现在的新疆生产建设兵团相当于一个省的建制。国务院 2003 年发布的有关新疆的白皮书中说，新疆生产建设兵团现有 14 个师（垦区），174 个农牧团场，4391 个工业、建筑、运输、商业企业，有健全的科研、教育、文化、卫生、体育、金融、保险等社会事业和司法机构，总人口 245.36 万人，在职职工

93.3 万人。

我去过离乌鲁木齐 150 公里的石河子市，那是新疆生产建设兵团农八师的驻地，一个很漂亮的中型城市。到那里后我才知道，兵团不仅有自己的小学、中学和大学，还有自己的文艺家联合会和作家协会，连公安局、检察院和法院都是自属兵团系统的，不归新疆维吾尔自治区管辖。

20 世纪 50 年代人们初到这里屯垦时，石河子是一个只有 20 多户维吾尔族的小村子，现在这个垦区已经有 72 万人，常住人口 60 万，其中少数民族人口 3.2 万。在石河子市区，有人口 29 万。这个完全在荒滩上建立起来的新兴城市，街道宽阔，绿树环绕，少有的漂亮。

在我授课班上的学生中，有不少就是“兵团”职工的子女。我也听说过，兵团的职工常说自己是“献了青春献终身，献了终身献子孙”，话里透出了他们的功绩，也有他们隐忍的牢骚。

除了兵团职工的子女，学生中还有一些是近十多年来才到新疆来承包土地种植的内地农民的孩子。河南来的小辛同学，她父母在库尔勒承包了 500 亩地种棉花，她自己也就随父母到新疆读高中，后来在新疆读大学了。她毕业后到库尔勒一家石油公司的小学去教书。小方同学的家原来在四川成都的郊县，父母在乌鲁木齐附近的玛纳斯县承包土地种棉花，她没告诉我承包了多少亩。我说现在棉花涨价，情况应该不错吧？她说运气不好，这些年不是雪灾就是生虫，父母没有赚到钱。她从新疆大学毕业后考上公务员，到伊犁附近的一家兵团团场的基层检察院做书记员。也有少量的同学，是从内地考到新疆来上大学的。一位张姓同学，就是从山东潍坊考来的。她学得不错，免试推荐研究生，专业是对外汉语教育，毕业后要到中亚各国的孔子学院去教汉语。

2008 年，新疆总人口为 2130.8 万人，其中汉族以外的其他少数民族 1294.5 万人，占全疆人口的 60.8%。我想在这样的数据中，可能只算新疆的户籍人口，来新疆做工经商的流动人口以及驻军，应该是没有算在内的。

七、“边塞诗”和“新边塞诗”

——1——

我读大学的时候，也就是 20 世纪 80 年代初，曾经很着迷地阅读当时一些新疆诗人书写的“新边塞诗”。那时“朦胧诗”走红不久，全国的文学青年都有阅读诗歌的热情，这“新边塞诗”，被视为“朦胧诗”之后诗坛上的一支“异军突起”。

和闻捷笔下的新疆不同，“新边塞诗”不再咏唱新疆的美丽风景和甜蜜爱情，而是呈现新疆的雄奇景观并以这种景观烘托博大情怀。

我那时爱读周涛的《神山》和《角力的群山》：

由天下三个最伟大的山系
组合成这座立体的黑雕塑群
喜马拉雅、冈底斯山、喀喇昆仑
……

冈底斯山、喜马拉雅山、喀喇昆仑山
三大著名山系的躯体纠缠在这里
高度的竞争，力的交错
凝聚成无数突出的筋脉和肌块
……

“新边塞诗”中的新疆，不再是闻捷诗中常见的美丽的“果子沟”和少女“阿娜尔罕”，而是大漠、戈壁、冰山、雪峰、枯林、黄沙、风暴、长河、落日、草原、骆驼、奔马、雄鹰、城堞、古战场、雪崩、辽远的地平线……周涛笔下的另一种西部景观，给我以深深的震撼。

你看他笔下的野马：

伫立荒原
任漠风吹散长鬃
引颈怅望远方天地之交
那永远不可企及的地平线
三五成群
以空旷天地间的鼎足之势
组成一幅相依为命的画
……

你再看他笔下的猎鹰：

像一支劈空射下的响箭
追杀狐，带着猎猎风声
它疾恶如仇，有时却不量力而行
竟在沙丘上搏击狼啊
扑打起滚滚的黄尘
……

“新边塞诗”在诗坛上得到过很高的评价，人们以为“新边塞诗”诗人的最大贡献，“在于他们创造性地把中国当代人的思考溶解于西部特有的自然景观之中”，“他们以西部冷峻、严酷、雄伟的山川大漠作为庄重的舞台，揭示凝聚于自己生命之中的生活在这里的人民世代不断的开拓精神和豪放的人生态度”。的确如此，周涛笔下寄寓着情操品格的“神山”、“野马”和“鹰”等，是和开拓者的气概和爱国者的情怀连在一起的。他在诗中这样赞美戍守边疆的士兵：

最边远、最艰难的地域
属于士兵
有山处，是山的孝子
有海处，是海的忠臣

“新边塞诗”的“新”，又是相对于唐代的“边塞诗”而言的，“新边塞诗”中所描绘的新疆和唐代“边塞诗”中的新疆已经大不一样。唐代“边塞诗”中的新疆，是塞客衣单、孀闺泪尽的苦辛之地，是剑斩楼兰、博取封侯的建功疆场；“新边塞诗”中的新疆，则是祖国神圣的领土。祖国，是拓边者和戍边者心中最高的价值，如周涛在诗中所说：“这位万王之王至高无上——祖国。”戍边的艰辛，也就不再是迫于无奈的徭役，而是心甘情愿的奉献；拓边的奋斗，也就不再是为着“王事”和个人的功名，而是利在国家民族的不朽事业。拓边者的奋斗和戍边者的艰辛，在“新边塞诗”中呈现出新的价值和意义：

我们不是作为征服者而出现
凡为我所骄傲的，我必亲近
我们却都是作为思乡者而存在
同时也都作为开拓者而永恒

– –2– –

唐代向西域的拓边走得很远。

唐朝在西域设立过“安西都护府”和“北庭都护府”，管辖范围远及巴尔喀什湖以南一带。据说，著名的唐代大诗人李白就出生在碎叶，今吉尔吉斯斯坦的比什凯克附近，其父辈是驻守在那里的边防军人，后来才迁回到四川江油。

唐代向西域的拓边，带动了当时的许多文人从军作为幕僚到西域谋取功名，成就了唐代艺术水平极高的“边塞诗”。

唐代著名的边塞诗人岑参就在新疆一带转战过。唐代兴建的乌拉泊古城，就在乌鲁木齐南面十来公里的地方，至今还可看出当年的古城遗址。我专门到那里去看过，断壁残垣风化得厉害，要注意看才看得出来，不然还以为是一些天然的小山包。岑参著名的边塞诗《白雪歌送武判官归京》，就是在这里写就的。诗中所描绘的独特的塞外景致，也就是今天新疆乌鲁木齐一带的冬天景致：

北风卷地白草折，胡天八月即飞雪。
忽如一夜春风来，千树万树梨花开。

说起来，唐代“边塞诗”的内容是非常丰富的，除了岑参所描绘的“一川碎石大如斗，随风满地石乱走”的狂暴场面、“忽如一夜春风来，千树万树梨花开”的瑰丽景色，高适、王昌龄和李白等唐代著名的边塞诗人，还书写了塞外“青海长云暗雪山”的宏伟景观，关注到“羌笛何须怨杨柳”的细腻情致。在他们的诗中，有“不破楼兰终不还”的雄心，也有“悔叫夫婿觅封侯”的闺怨；有“凭君传语报平安”的感伤，也有“天下谁人不识君”的豪迈；甚至还有“可怜无定河边骨，犹是春闺梦里人”，“将士军前半死生，美人帐下犹歌舞”的现实批判。

20 世纪 80 年代初周涛等人的“新边塞诗”，一方面承接着书写塞外的“边塞诗”传统，另一方面又有意识地要出“新”，在当时特定的情势下，自然也就写出了新的情调和意义。

——3——

书写塞外的诗歌传统是源远流长的，魏晋南北朝时期的钟嵘在他的《诗品》中即说：

若夫春风春鸟，秋月秋蝉，夏云暑雨，冬月祁寒，斯四候之感诸诗者也。嘉会寄诗以亲，离群托诗以怨。至于楚臣去境，汉妾辞宫，或骨横朔野，或魂逐飞蓬，或负戈外戍，或杀气雄边，塞客衣单，孀闺泪尽。或士有解佩出朝，一去忘返；女有扬蛾入宠，再盼倾国，凡斯种种，感荡心灵，非陈诗何以展其义，非长歌何以释其情？……

由此可见那时描写西部塞外征战的诗篇已经不少，所以钟嵘才能作出这样的概括，遗憾的是，这些诗篇流传下来的并不多，大多数我们今天都看不到了。可以想见，当时这些描写西部塞外征战的诗篇，不仅呈现出鲜明的风格特征，也形成了丰富的核心母题。其中有“负戈外戍、杀气雄边”的豪情与刚烈，也有“塞客衣单、孀闺泪尽”的苦辛和闺怨，并且负载着“楚臣去境、汉妾辞宫”等重大而具体的社会历史内涵。

唐代的“边塞诗”继承了先前西部塞外征战诗的传统，又有新的扩展和丰富，这使得“边塞诗”的写作不仅成为当时一股影响广泛的写作潮流，也成为后来一种源远流长的诗歌写作传统。唐代的李白、杜甫等人，自身并没有过“出塞”的经历，但他们都写过有关塞外征战的“边塞诗”，并且留下了许多脍炙人口的诗篇。唐代“边塞诗”中常常出现的“斩楼兰”、“灭匈奴”、“觅封侯”、“羌笛”、“杨柳”等，后来也成为蕴含着隐喻和母题的核心意象，在诗歌史上世代流传。

无论是20世纪80年代的“新边塞诗”，还是唐代的“边塞诗”，抑或是更久远的魏晋南北朝时期的塞外征战诗，源远流长的“边塞诗”写作传统，折射着中原王朝和西北各民族间的政治军事交锋，也折射着中原地区和新疆等地历史文化渊源久远的紧密联系。

中国诗歌的一个写作传统，就是喜欢在诗歌中运用典故，用一些大家熟知的历史故事和逸闻趣事，指代比拟现实中新的场景和情势，这些典故和逸事，也就成为诗歌中蕴含着隐喻和母题的核心意象。唐代“边塞诗”中老提到的“斩楼兰”、“灭匈奴”等，就属此类。其实，“匈奴”和“楼兰”，不过是汉代时和中原王朝敌对的北方民族，到了唐代，这些民族早就融合到其他民族中，已经消失了。唐代“边塞诗”中频频使用的“楼兰”和“匈奴”等，不过是借用来指代当时和唐王朝敌对的北方民族，而唐代“边塞诗”中所书写的拓边战事，针对的主要是突厥，具体地说就是东突厥和西突厥。

八、突厥文《阙特勤碑》后面的故事

— —1— —

突厥是6~8世纪时在蒙古草原兴起的一支包含了许多部落的游牧民族，在两百多年的时间里，曾经建立过强大的突厥汗国。《周书·异域传·突厥》中记载，突厥最盛时，其疆域“东自辽海（今辽东湾）以西，西至西海（今咸海，一说为里海）万里；南至沙漠以北，北至北海（今贝加尔湖）五六千里”。确实是一片辽阔的疆土。

由于内部矛盾，突厥汗国在583年分裂为两部，史称东突厥和西突厥，东、西突厥断断续续和隋、唐两朝进行了逾百年的战争，溃败时曾一度归附隋朝和唐朝，实力恢复壮大后，又另建汗国不再朝贡。630年，乘东突厥内部相争混乱之时，唐朝出兵打败东突厥颉利可汗，在东突厥领地设置了燕然都护府和瀚海都护府，整个东突厥领地成为唐朝羁縻府州的组成部分，东突厥灭亡。

同样是利用西突厥内部争夺汗位陷入混乱之时，唐朝出兵西域，659年，唐军在双河（今博乐县）斩杀西突厥真珠叶护，在西突厥故地设置羁縻府州，至此西突厥灭亡。

唐朝在西突厥故地设置的羁縻府州，主要是安西都护府和北庭都护府。

唐太宗时在西州交河，也就是今新疆吐鲁番西的交河古城址设安西都护府，统辖高昌故地。后来又在龟兹（今库车）、疏勒（今喀什）、于阗（今和田西南）、焉耆（今焉耆西南）设四“军镇”，史称“安西四镇”，隶属安西都护府。

武则天时，唐朝在庭州置北庭都护府（今吉木萨尔北破城子），管辖天山以北、巴尔喀什湖以南、金山以西、两河流域以东的西突厥故地，隶属于安西都护府。

这些地方，有的遗址还在，如北庭都护府遗址，在今天已经成为一个离乌鲁木齐不远的旅游景点了。

－ －2－ －

东、西突厥政权消亡后，突厥后裔各部落，开始了长期的西迁过程，逐渐进入新疆、中亚，甚至远至东欧和埃及，一些突厥后裔或部落，还在这些地方建立过区域性政权。例如，9～10 世纪的高昌回鹘王朝（今新疆吐鲁番一带）、9 世纪时的突伦王朝（今埃及境内）、10～12 世纪的加兹尼王朝（今阿富汗境内）、9～13 世纪的喀喇汗王朝（今中亚及新疆南部）、10～12 世纪的塞尔柱王朝（疆域涉及中亚、中东和西亚的一部分）等。

在漫长的西迁历史过程中，突厥后裔部落和当地的原住民族逐渐融合，同时也使得突厥语的运用范围进一步扩大。按现今史书上的说法，造成了这些地区的“突厥（语）化”，现在中国境内主要分布在新疆的维吾尔族、哈萨克族、乌孜别克族、柯尔克孜族和分布在甘肃的裕固族，境外的土耳其人、阿塞拜疆人、土库曼人、哈萨克人、乌兹别克人、吉尔吉斯人，其语言都属于突厥语系。公元 10 世纪前后，受阿拉伯帝国东扩及伊斯兰教的影响，这些地区的民众大都皈依了伊斯兰教，“突厥（语）化”的地区又逐渐“伊斯兰化”，操突厥语的各民族大都信奉了伊斯兰教。

– –3– –

早在突厥汗国时期，就有了通行的突厥文，随着突厥后裔部落的西迁，突厥语影响到了中亚和西亚地区，运用范围得到扩展且绵延至今，但让人奇怪的是，记录突厥语的突厥文，却很早就消亡了。

11 世纪时，出生在新疆喀什的著名学者麻赫穆德·喀什噶里撰写了百科全书式的《突厥语大辞典》。虽然他在书中赞誉突厥语是纯净、准确、丰富的语言，写这部书的目的，也是要为当时崇尚波斯语和阿拉伯语的人们学习突厥语提供方便，但这部辞典本身，却是用阿拉伯文写的，是用阿拉伯文拼写解释突厥语，而不是用突厥文。这也说明，在那个时候，已经很少有人能懂或使用突厥文了。

突厥文再一次进入人们的视野，已经是 19 世纪末，迄今才一百多年。

关于突厥文的新发现和再解读，有两种说法。一种说法是，

1890 年，芬兰人基克尔在蒙古鄂尔浑河东岸和硕柴达木地方，发现了两座巨型的、刻有不认识文字的石碑，也就是后来被称为“阙特勤碑”和“毗伽可汗碑”的两块碑。还有另一种说法，比这还早一年，1889 年夏天，俄国学者雅德林采夫就已经发现了这两块碑。

一个偶然的机会，丹麦哥本哈根大学的比较语言学教授汤姆森看到了基克尔于 1892 年在赫尔辛基出版的有关两块碑的发现报告，这引起了他极大的兴趣，他开始着力解读这些过去人们从未见过的古文字。

汤姆森清点了这些碑文中所涉及的字母的数目，确定了碑文的书写和阅读方向是由左而右，据说，第一个被辨认出的单词是“天”，似乎有某种神秘的寓意。1893 年 12 月 15 日，汤姆森向丹麦皇家科学院报告了他解读突厥文的过程，这篇有关突厥文解读的论文只有寥寥数页，但它的历史文化意义是难以估量的。汤姆森发表论文报告的这一天，后来被人们称作“突厥再生日”。

比这稍晚一点，俄罗斯学者拉德洛夫也解读出了这些突厥文。由于这两块碑是在鄂尔浑河流域发现的，所以后来被称为“鄂尔浑碑铭”。1896 年，汤姆森出版了他的系统研究成果——《鄂尔浑碑铭译解》。此后一年，由克莱门茨率领的俄国探险队又在离两块碑不远的土拉河流域发现了“暾欲谷碑”。虽然在蒙古草原上还发现过其他几块突厥文古碑，但大都风蚀严重，远不如这三块碑保存得比较完好，就文字的丰富和内容的重要而言，也远不及这三块碑。阙特勤碑、毗伽可汗碑和暾欲谷碑，后来被称为“突厥文三大碑”。

——4——

近些年来，我国的文史学者到蒙古漠北草原去实地考察过这三大碑。据介绍，那座黑色大理石的“阙特勤碑”，依然还矗立在漠北草原上，只是被圈在漆了绿色油漆的铁栅栏之内，石碑四周，还有很大的石构件，散乱地分布在铁栅栏内外。碑上的汉文碑额“故阙特勤之碑”六个楷书汉字依然十分醒目，碑上的汉文部分，也大致还可以辨认。

《旧唐书·突厥传》中记载：“（开元）二十年，阙特勤死，诏金吾将军张去逸、都官郎中吕向，赍玺书入蕃吊祭，并为立碑，上自为碑文，仍立祠庙，刻石为像，四壁画其战阵之状。”也就是说，石碑上面的汉文部分，还是唐玄宗亲自写的，其中确实也说了“故制作丰碑”的话。在突厥文的碑文里，毗伽可汗说自己请求中国皇帝派人来建造永久的石碑和宏伟的建筑物、画上动人的画等，二者基本相合，可见阙特勤的墓地，是由唐朝工匠建造和装饰的。只是现在除了这块碑外，那些建筑物都已荡然无存了。

“阙”是人名，“特勤”是突厥贵族子弟的称号。630 年，唐太宗时期，东突厥汗国灭亡，到了武后时，默啜可汗重新聚合了突厥建立汗国，史称“后突厥”。默啜可汗死后，身为默啜侄子的阙特勤杀了默啜的儿子，拥自己的长兄为毗伽可汗，“阙特勤碑”就是为悼念这位生前极有权势的阙特勤而建的。

石碑的东面、南面和北面刻写的突厥文，是以毗伽可汗的口气写的，内容是其弟死后，他非常悲伤，他在文中详述了阙特勤在征战中英勇斯杀的功绩，也追溯了突厥汗国衰而复兴的历史。

突厥文的解读成功，不仅让人们进一步了解到突厥汗国的历史轨迹，同时也揭示了“阙特勤碑”上一件有趣的事。

碑上唐玄宗亲自撰写的碑文，字体为隶书，一共十四行，每行三十六字。在碑文中，唐玄宗首先追述了唐与历代突厥汗国的友好关系，然后强调双方自玄宗朝确定父子关系后，即呈现了新的和平，也就是碑文所说的“受逮朕躬，结为父子，使寇患不作，弓矢载櫜，尔无我虞，我无尔诈”。在碑文的结尾，对于唐和突厥的关系，唐玄宗作“颂”说：“沙塞之国，丁零之乡，雄武郁起，于尔先王，尔君克长，载赫殊方，尔道克顺，谋亲我唐，孰谓若人，罔保延长，高碑山立，垂裕无疆。”

照理说，作为同一块纪念碑上的铭文，其内容和情调应该大致是一样的，但事实却不是这样。唐玄宗的碑文，述说了大唐和突厥“情同父子”般的友好关系，而以毗伽可汗口气书写的突厥文碑文，则在追述突厥历史的同时，表达了对唐朝的敌意。

大概毗伽可汗认为唐朝来的使者和工匠都不懂突厥文，就在碑文中夹带私货了。

按碑文中所说，突厥一度很强大，但由于在汗位继承上兄弟相争，汉人又“狡猾地制造了弟兄们之间的分裂，导致了伯克和大众的相互纷争，突厥人遂使他们先前建立的国家走向毁灭，使他们先前拥戴的可汗趋于垮台。原来的老爷成了汉人的奴仆，原来的太太成了汉人的婢女。突厥的伯克们放弃了其突厥官衔。在汉人那里的伯克们拥有了汉人的官衔，并听从于汉人可汗，为他服务五十年之久”。

在碑文中，毗伽可汗述说了突厥被唐朝征服后，不得不长期为唐朝效力的无奈现实，期间突厥人也曾想要复国，但再一次被征服。

从碑文中可以看出，突厥的兴起和衰落，伴随着一场又一场的战争。这种战争不仅带有掠夺性质，而且十分残酷，不仅有同外族的战争，也有同部族间的厮杀。例如，碑文中所说：“为了养育人民，我率领大军征战十二次，向北攻击乌古斯人，向东对付契丹人与地豆于人，向南则与汉人为敌。”

碑文尤其详细地历数了阙特勤在历次战争中的功业：16岁时，阙特勤即征伐六胡州，与汉人的王都督作战；21岁时，与沙吒将军交战，后又与逸拔野古的大俟斤作战；26岁时，率兵征讨黠戛斯，“杀死了黠戛斯可汗，征服了其国土”；同年，又进军突骑施，越过金山，渡过曳咥河，“在那里杀死了他们的可汗，夺取了他们的国土，黑姓突骑施人全部臣服于我们。”碑文中还述及，阙特勤曾带兵和粟特人作战、和阿热人作战、和思结人作战、和哥舒都督作战，在与哥舒都督交战时，“他杀死了所有这些人。他锱铢不遗地取走了他们的所有财物”。

碑文中还提到，阙特勤27岁、30岁时，曾和葛逻禄作战。“我们杀死葛逻禄人，并降伏之。”葛逻禄人与突厥人同族，这就是突厥各部族之间的战争了。不仅如此，碑文中特别提到：“九姓乌古思乃是我们自己的族人。由于天地失序，他们背叛了我们。我们在一年中交战五次。”毗伽可汗在碑文中说，一次遭到乌古斯人的突袭，要不是阙特勤的英勇抗击，很可能就战败了。而如果战败，“我母可敦、我的诸庶母、我的姊妹们、我的媳妇们、我的公主们，这么许多人都有可能活着的沦为奴仆，遭杀的弃尸营地和大道，假若没有阙特勤的话，你们都会被杀害”。由此也可见这种自相残杀战争的残酷。

在“后突厥”时期，毗伽可汗一度也曾想让游牧的突厥人像唐人那样定居，但被他的副手、也是阙特勤岳父的暾欲谷劝阻。暾欲谷认为突厥人口不及唐家百分之一，所以还能与唐朝抗衡，就因为突厥人“居处无常，涉猎为业，又皆习武”，这样就可以“强则进兵抄掠，弱则窜伏山林”，如果“筑城而居，改变旧俗”，“必将为唐所并”。毗伽可汗采纳了暾欲谷的建议。这事在《旧唐书·突厥传》有记载，在“阙特勤碑”中，也体现出来。

毗伽可汗认为：“没有任何地方比于都斤山更好，能够最有效控制诸部的地方即是于都斤山。”毗伽可汗的焦虑不仅只是涉及自身的统治和权力，也有一种游牧文化难敌农耕文化影响的焦虑，他希望突厥人能避开这种影响，停留在于都斤山附近适于游牧的地区，而不是跑到汉人那里去。毗伽可汗认为只要派商队和汉人经商，就可以交换来必需的物品，突厥人的传统和生活就可以得到保障。他向突厥民众说出了他的“肺腑之言”并作了相应的警告：

如果你们前赴这些地方，突厥人啊，你们便将死亡！如果你们留在于都斤山地区，从此派遣商队，你们便将无忧无虑。

然而，历史事实总是难以尽如人愿。毗伽可汗也看到了，突厥汗国由盛而衰，并不是因为有强力一定要把突厥民众从于都斤山这一适宜游牧的祖居地赶走，而是民众们羡慕外地生活“自己离开”的。在碑文中，毗伽可汗对此表达了谴责和诅咒：

突厥人啊，忏悔吧！由于你们的无法无天，你们背叛了始终养育你们的英明可汗，背叛了你们那自由独立的美好国家，导致了极坏的后果。哪里有手执武器者来将你们赶走？哪里有手持长矛者来将你们驱散？是你们，神圣于都斤山的民众，自己离开了。想往东方去的人走了，想往西方去的人走了。在你们所去的地方，你们所得到的只是血流成河，骨积如山。原会成为老爷的男子变成了奴仆，原会成为太太的女子变成女婢。由于你们的愚昧，由于你们的邪恶，我叔可汗去世了。

总的来说，碑文有两大主题：一是详细展示阙特勤在战场上英勇厮杀的事迹；二是追述突厥汗国由盛而衰的历史，以此夸耀他们兄弟二人再一次把突厥人组织起来的功业，在谴责突厥部族曾经有过的背叛行为时，也提醒突厥民众要提防汉人，以防汉化。

毗伽可汗在碑文中明确地说，是他令人“镌刻此石，记录下我的肺腑之言”。并且把这块碑放置在“人们往来频繁之处”，目的就是要让突厥各部落的人们，“阅读这些文字，并从中获得教益”。

734 年，毗伽可汗被部下毒死，接着又是汗位相争，后突厥陷于混乱，属下拨悉密、回纥、葛逻禄三部叛乱。744 年，拨悉密部杀突厥乌苏米施可汗，突厥余众又立其弟为白眉可汗，

745 年，回纥部杀白眉可汗，后突厥汗国灭亡。

突厥后裔后来都逐渐离开了蒙古漠北草原，离开了他们世居的于都斤山，西迁或南下，再没有人回来阅读这些文字。久而久之，就是突厥后裔中，也没有人认识这些文字了。其后一千多年来，这里成为蒙古人的牧地，他们自然更读不懂这些文字。毗伽可汗的肺腑之言，无奈地矗立在苍凉的草原上，湮灭在历史的长河中。

– –5– –

2010 年在上海举办的世博会，6 月 20 日是土耳其国家馆日。我看到有网民在网上发帖说，土耳其馆里展出了这块“故阙特勤之碑”的复制品。帖子中说，这块碑又不是他们国家的文物，大老远地去复制了来放在上海展出，碑额上面原来就明明白白地用汉字写着“故阙特勤之碑”，可这块复制的碑却在介绍文字上故意重新翻译为“厥特勤碑”，把“阙”换成了“厥”，这位网民说：居心叵测啊！

我看了以后觉得很有趣。真是历史总是有惊人的相似之处。当年唐玄宗自称唐朝和突厥的关系“情同父子”，他可以这么说，但我想作为政治家，他恐怕不会天真地以为突厥也这样看。毗伽可汗在突厥文碑文中所夹带的另外的意思，究竟是唐朝工匠和使臣都看不懂，从而唐朝对此一无所知，还是看懂了也不说，假装糊涂，已经无从查考了。不过立阙特勤碑本来就不是给汉人看的，唐人知不知道突厥文原意无关紧要，但这次土耳其馆展出的这块碑的复制品，网民看到了其间的不同，我想主办者应该也看到了的。那就是知道了也不说，还是让它展出了。

历史和未来，本来就不是写几句话或改几个字就可以左右的。

九、古尔邦节和回鹘西迁

— —1— —

11 月 28 日是古尔邦节。

校园里的教师宿舍区突然一下子来了好多羊，一群群地挤在宿舍间的树林里。也怪，并没有东西围着它们，但它们就是不乱跑。古尔邦节是全世界穆斯林的节日，很隆重，就像汉族的春节。到了这天，不仅维吾尔族，其他少数民族的教职工家中一般也都要宰一只羊，卖羊的就把羊群赶到校园里来了。

真的是很热闹，家家户户的，就在高 20 多层的宿舍下面的草地上宰羊，羊被宰的时候都是安安静静的，不挣扎也不号叫。天冷，肚肠中倒出的粪便和没接住的鲜血，很快就冻成了硬块，倒是闻不到异味。

古尔邦节，新疆大学的少数民族教职工在宿舍区宰羊过节

就在我宿舍下面的树林里，常有一位维吾尔族中年人在那里宰羊，手法很利索，几下子一只活羊就皮肉分离地倒挂在树枝上了，学校里的维族教职工就到这里买羊肉，我看也有汉族老师来买的。在离我宿舍不远的路边，还有一位维吾尔族年轻人在那里摆了个烤肉摊，常年在那里卖烤羊肉串、羊肝、羊肠。一到傍晚，就有不少维族人、汉族人围在那里吃肉喝酒；有的要带走，就站在一边等，下雪天都这样。灯火明亮，烟雾缭绕，在大学校园中能看到这样的情致，确实别有风味。

在烤肉摊附近，还有卖馕的、卖鲜奶的。馕都是烤好了堆在铺子外面的案板上，大大小小，各种形状的都有；奶有牛奶、羊奶和骆驼奶，装在大塑料桶中，用小面包车拉来。临近吃饭时分，常常男女老少的在卖奶的车子前排起了队，奶用“提”作为量器，一“提”一斤，三斤两斤的，人们用透明塑料袋盛放提回家去。另一只手上，往往还提着洋葱、胡萝卜和同样盛放在透明塑料袋里的馕，大都是维吾尔族教职工。

大概在一千年前，维吾尔族的先民们逐步信奉了伊斯兰教。

大约也是在一千年前，维吾尔族的先民由游牧民族逐步转化为以定居为主的农耕民族，但传统就是传统，在他们的饮食习惯上，也折射着这一转变过程。喝奶、吃牛羊肉，显然是游牧时期的传统，而以馕为主食，应当是定居农耕后养成的习惯。维吾尔族的饮食习惯中，也吃少量的蔬菜，主要是胡萝卜和皮牙子（洋葱），也常以西瓜、葡萄等瓜果搭配主食。

– –2– –

回鹘和突厥同族。后突厥灭亡后，回纥在蒙古草原建立了汗国。788 年，回纥可汗顿莫贺上表唐朝，请将“回纥”一名正式改为“回鹘”，取其汉字回旋轻捷如鹘之意。其后“回纥”在汉文典籍中即记作“回鹘”。后来回鹘内部又陷入汗位之争，839 年，回鹘境内大雪，疫病流行，人口和牲畜锐减，回鹘部将句录莫贺联合黠嘎斯人攻打回鹘汗国，840 年时攻破回鹘“牙帐”，对游牧民族来说，这“牙帐”就相当于首都皇宫。《旧唐书·回纥传》中记载，其后回鹘部众“拥外甥庞特勤及男鹿并遏粉等兄弟五人，一十五部西奔葛逻禄，一支投吐蕃，一支投安西”。回鹘汗国灭亡。

这些西迁的回鹘，就是现在维吾尔族的先民。投奔吐蕃的一支进入当时被吐蕃占据的河西走廊，依附吐蕃，史称“河西回鹘”，后来逐渐迁徙到今新疆若羌、且末、于田之间，被称为“撒里畏兀儿”。

进入安西的一支，史称“西州回鹘”或“高昌回鹘”，后来在10世纪时建立了以高昌（今吐鲁番）为中心、疆域大致含今新疆北部的回鹘汗国。投奔葛逻禄的一支，10世纪时和早先到此的突厥后裔葛逻禄、喀喇罕人一起，建立了疆域涵盖中亚和新疆南部的喀喇汗王朝。

高昌回鹘汗国信奉佛教，喀喇汗王朝则信奉伊斯兰教，前后百年间，喀喇汗王朝发动过多次向高昌回鹘汗国传播伊斯兰教的“圣战”，最终的结果是整个塔里木盆地周围的回鹘人，都信奉了伊斯兰教。

12世纪蒙古人兴起后，成吉思汗一路向西征服了西域、中亚和西亚。成吉思汗晚年时，将原高昌汗国和喀喇汗国的领地，分封给他的次子察合台，后来察合台在这片土地上建立了和元朝蒙古大汗抗衡的察合台汗国。元朝灭亡后，1514年，身为蒙古人后裔的萨亦德汗在今新疆南部的叶尔羌建立了叶尔羌汗国，其领地包含了原高昌汗国和喀喇汗国的大部地区。1680年，原在今新疆北部的蒙古准噶尔首领噶尔丹乘叶尔羌汗国内部处于宗教战争的纷乱之机，攻占了叶尔羌城，叶尔羌汗国灭亡，领地亦为准噶尔汗国所占。康熙年间，1696年，清军在昭莫多击败准噶尔，逼得噶尔丹在翌年自杀。乾隆时期，清朝再次向准噶尔用兵，1755年，清军彻底平定准噶尔，原准噶尔汗国的领地成为清朝的疆域。

后来，新疆地区在1865年被阿古柏短暂占领，1878年清朝消灭阿古柏收复新疆，带兵收复新疆的左宗棠说新疆是“故土新归”，就是说这里早就是清朝的疆域。

--3--

元朝时，回鹘人被称作“畏兀儿”，许多人到元朝朝廷及中原地区做官求学，和中华文化的接触渐多，其中最有名的即有高昌亦都护、孟速思、小个云石脱忽怜、哈喇亦哈赤北鲁、偰氏、廉氏、贯氏、昔班、阿里海牙、塔塔统阿等29族，他们的弟子中有军事家、政治家、理财专家、儒生、诗人、音乐家、书法家、画家、外交家、翻译家、史学家等，像人们熟悉的元朝诗人贯云石，畏兀儿名叫“小云石海牙”，他能用汉语写得一手好散曲。

明朝时期，还有一支维吾尔人随朱元璋到了内地。维吾尔族哈勒家族一支，其祖先哈十八在明朝平定西北时，协助明军屡战有功，被授予荆襄指挥使的官职。1372年，朱元璋调哈十八率其部南下驻军常德府，屯兵戍守于桃源县的枫树岗。因其“剪除盗贼”有功，赐姓为“剪”。后来哈十八战死沙场，明朝封其为将军，子孙世袭，“就地落户”。中国的“百家姓”中原本是没有“剪”姓的，姓“剪”的就是这支迁徙至湖南常德桃源县的维吾尔族，这支维吾尔族到内地至今已有26代，六百多年了。著名的历史学家翦伯赞，就是迁徙至湖南的维吾尔族。

迁徙至湖南常德的这支维吾尔族，现在大约有6000人，主要居住于常德市桃源县的枫树维吾尔族回族乡、青林回族维吾尔族乡、汉寿县的毛家滩回族维吾尔族乡、鼎城区的许家桥回族维吾尔族乡等地。除少数阿訇、老人还能讲几句阿拉伯语外，绝大多数已不会讲维语，不懂维文，都通用汉语了。

在生活习俗上，这支迁徙至湖南的维吾尔族大都还保留着新疆维吾尔族的习俗，在饮食方面和穆斯林一样，有许多禁忌。在湖南的这支维吾尔族平时所穿的服饰与汉族差别不大，但在节日及举行宗教活动时，这里的维吾尔族男女上身都喜穿西装，男子多戴四方花帽或白帽，脚穿马靴。女子则戴盖头布或四方花帽，下身穿裙子。

– –4 – –

西迁后的回鹘人后来逐步信奉了伊斯兰教，受阿拉伯文化的影响渐深。11 世纪的喀喇汗王朝时期，学者们往往既用回鹘文写作，也用阿拉伯文写作。玉素甫创作的长诗《福乐智慧》、阿合迈德·尢格乃克编写的长诗《真理的入门》，都是既有回鹘文抄本也有阿拉伯文抄本，麻赫穆德·喀什噶里的《突厥语大辞典》，现今还只见到阿拉伯文抄本。这些著作不仅篇章起首常写“奉至仁至慈的真主之名”，内容也多有伊斯兰教的价值观和伦理色彩。这也说明随着伊斯兰教在回鹘人中的传播，人们不仅不再使用突厥文，就是回鹘文也渐渐地不再使用了。

回鹘文从什么年代开始使用，目前尚无定论。10 世纪后，新疆南部的回鹘人渐渐改用阿拉伯字母，但回鹘文并未完全停止使用。成吉思汗时期，蒙古人还一度使用过回鹘文。随着伊斯兰教在回鹘人中的深入传播，阿拉伯文在上层贵族及宗教人士中风行，出现了以阿拉伯字母拼写回鹘语的文字，13 世纪时，这种文字在察合台汗国被当作官方文字使用，后来即被称为“察合台文”。察合台文不仅字母与回鹘文不同，且书写形式也不同，从右至左连写。至 15 世纪，察合台文基本上取代了回鹘文。到 19 世纪末，察合台文成为维吾尔、乌孜别克、哈萨克、柯尔克孜、塔塔尔等民族的共同书面语。

维吾尔族现在使用的维吾尔文，就是在晚期察合台文的基础上形成的，是以阿拉伯字母为基础的拼音文字。自 20 世纪 30 年代以来，维吾尔文又经历过了几次改进。1965 年到 1982 年间，维吾尔族一度还使用过拉丁化的新文字。从 1982 年 9 月起，又恢复使用老文字，即以阿拉伯字母为基础的拼音文字。

有一次在饭桌上阿尔斯兰院长对我说，维吾尔族在历史上信奉过多种宗教，使用过多种文字。还真是这样。

清朝平定准噶尔统治南北疆后，“畏兀儿”被改称为“回部”或“缠回”。汉文典籍中的回纥、回鹘和畏兀儿，都是“Uygur”的音译，而“Uygur”，11 世纪时的麻赫穆德·喀什噶里在《突厥语大辞典》中说是“自食其力者”的意思，14 世纪的波斯史学家拉斯特·阿拉赫在他编撰的《史集》中说有“联合”、“同盟”之意。现今人们一般认同后一种说法。

1934 年 8 月，民国新疆政府发布政令，定“维吾尔”为维族的标准汉译写法，取“维护我你”的寓意。新中国成立后，1955 年 10 月 1 日成立“新疆维吾尔自治区”，沿用了“维吾尔”这一汉译写法。说来这真是一个很好的译名，既以音译隐喻“维护我你”，也含有意译“联合”的意思，从中可见出民族政策和文化心态的巨大变迁。

十、乌鲁木齐的第一场雪

——1——

2002 年的第一场雪，
比以往时候来的更晚一些，
停靠在八楼的 2 路汽车，
带走了最后一片飘落的黄叶
……

这是刀郎演唱的《2002 年的第一场雪》。塔里木盆地西北缘叶尔羌河至塔里木河沿岸，被人们称作“刀郎地区”，生活在这个地区的维吾尔族人，也自称为“刀郎人”，他们的歌舞热情奔放，被称为“刀郎歌舞”。不过这个艺名叫做“刀郎”的流行歌手并不是维吾尔族人，而是一个出生在四川的汉族人，他曾在海南等地的歌厅里打工演唱，后来来到乌鲁木齐，在 2004 年推出了他自己创作演唱的这首歌，很快即风靡全国。

20 世纪 50 年代，闻捷的《天山牧歌》向人们展示了新疆的美丽风光和甜蜜爱情；80 年代，周涛等新疆诗人书写的“新边塞诗”向人们呈现了新疆的宏伟景观及戍边者的博大情怀；

进入新世纪后，听了刀郎的《2002 年的第一场雪》，人们知道了新疆不仅有美丽雄伟的边地风光，有风情万种的少数民族美女，原来也有繁忙喧闹的现代城市生活，有打上了现代生活烙印的热烈的男女情爱。

我一直都觉得奇怪，这 2 路汽车，怎么开到“八楼”去了呢？来到乌鲁木齐后才知道，这“八楼”是乌鲁木齐的一个地标，还真的有一路“2 路汽车”，这“2 路汽车”，还真的要经过“八楼”。

我原来以为作为地标的“八楼”，应该是一座楼，到了“八楼”去看，原来是一个很繁华的十字路口，人民会堂、昆仑宾馆等就在附近，可四周就是没有一座楼叫“八楼”。

一个星期天，我专门到“八楼”去坐了一趟 2 路汽车。

在“八楼”车站看着 2 路车从东面徐徐开来，我坐了上去，没有目的地，跟着 2 路汽车走，坐到哪里算哪里。医学院、经管学院、科学院、铁路局、新市区……高楼大厦，车水马龙，一路的现代景致，乌鲁木齐的城市化程度和繁华程度，在全国的省会城市中可算得上中上水平，在西部各省区中，算得上佼佼者。

这一带的街道上，很少能看到维吾尔族人，看不出这里和内地的省会城市有什么不一样。乌鲁木齐的维吾尔族人，主要聚居在城市的南部。新疆大学就在乌鲁木齐的南郊，从那里往北走，要是坐 103 路公交车，胜利路、二道桥、山西巷、南门，也就四个公交车站的距离，过了南门，就很少能看到维吾尔族了。这路车要走到终点站北郊客运站，还有 20 个站呢。据 2008 年的统计，乌鲁木齐全市户籍人口约 236 万人，其中少数民族人口约63万人。

--2--

2009年乌鲁木齐的第一场雪，是在11月10日。

夜里就觉得外面比平时亮，拉开窗帘，下雪了，好大的雪！我以前从未见过下大雪。清晨，听到乒乒乓乓的声音，原来是人们用铁锹和铲子砸铲路上的雪。我拿着个相机在校园里到处逛，原来要走在路边白色的雪上，才一点都不滑。清理出来的路面上，不时会有一片片暗黑色的冰，得小心。好多男女同学，走时故意双脚并拢，到上面去滑一下。

风雪中赶去上课的新疆大学学生

后来才知道，乌鲁木齐的冬天每周都会下雪，气温低，雪下了不会化，整个冬天，乌鲁木齐都是白雪覆盖。这雪下多了，也就见怪不怪，人们还是该干什么就干什么。大雪中，放学的小男孩们一路打打闹闹，小女孩们还会去路边的小卖部里，买个冰糕来吃。

你像一只飞来飞去的蝴蝶，
在白雪飘飞的季节里摇曳，
忘不了把你搂在怀里的感觉，
比藏在心中那份火热更暖一些。

圣诞节。我和她坐在必胜客里享用比萨。这里离人民广场不远，是市中心的繁华地带，因为过节，行道树上都装饰了彩灯。刚下过一场大雪，但道路已经被清出来了。路上的雪都被铲出来堆在行道树下的街心绿地上，垒得老高。听说到了春节后，会垒到一米多高呢。

一直在南方生活的我，在圣诞夜，在大雪天的乌鲁木齐，和女孩一起坐在必胜客里享用比萨，看着窗外人来人往，车辆川流不息，真有一种不知身在何处的感觉。

新疆是什么？是闻捷笔下的美丽风光和甜蜜爱情？还是周涛笔下的雄奇山川和博大情怀？抑或是千年历史中黄沙滚滚的铁骑厮杀？还是刀郎歌中世俗而热烈的情爱？……

--3--

从天山百货出来，大雪中，我紧挨着她，手拉手走过人民广场。这是乌鲁木齐市的中心广场，自治区党委和政府的办公楼，就在广场旁边。广场四周都是高大的现代化建筑，有双子塔楼一样的新概念百货，有五星级的海德酒店，一座座形态不一的高楼楼顶，在天空中切割出现代都市的天际线。广场周围高楼的轮廓和路边的行道树上，都装饰了霓虹灯，和街道上的车水马龙一起，尽显乌鲁木齐的繁华。

广场的中心是新疆解放纪念碑。仰头看去，雪簌簌地从碑的四周斜着飘下，碑在闹市中显出了肃穆和宁静，上面有曾做过新疆维吾尔自治区主席的王恩茂的题字：人民解放军进军新疆，开创了新疆各族人民解放的新的历史时期！

广场上的雪很厚，走过去就是两行脚印。我拉着她的手，她说，你的手好暖和。

忘记了窗外的北风凛冽，
再一次把温柔和缠绵重叠。
是你的红唇粘住我的一切，
是你的体贴让我再次热烈。
是你的万种柔情融化冰雪，
是你的甜言蜜语改变季节。
……

小屋里很暖，拉开窗帘，才发现又下雪了，下得很大。斜逸在窗前的树枝，一半乌黑，一半洁白，国画一般。一个维吾尔族男子穿着黑色的皮夹克，戴着貂皮帽子，在窗前的路上缓缓走过，边走边抽烟，烟雾在四周弥漫开来。一个高挑的维吾尔族姑娘，穿着大衣，长筒靴，昂首挺胸旁若无人，犹如T型台上的模特一般，一下一下地从雪地上走过。都上午九点了，天还没有完全亮，大雪纷飞中小学生们去上学，一个个穿得圆鼓鼓的，戴着漂亮的毛线帽和手套，色彩鲜艳，在橘黄的路灯下，雪地里无声地走过。

－－4－－

我每天都要在校园里的红湖畔散步，看着湖边高大的榆树落了一地的黄叶，看着雪后湖边的树都是简洁的枝丫。随着天气越来越冷，红湖结了冰，上面还覆盖着厚厚的雪。虽然湖边到处写着“湖面危险，严禁穿行”的警示牌，但湖面上总是有一行行的脚印。还有人在上面用英文写了“某某我爱你”，旁边画了一个心形的图案，好久好久都醒目地镌刻在那里，直到另一次大雪，这爱的表白才了无踪迹。

新疆大学的学生们在已经封冻的红湖上嬉戏、堆雪人

这天傍晚，在红湖边散步时，收到了她的短信：“诗人比美人更矜持……”

我刚来乌鲁木齐时，短信不通，也不能上互联网。那段时间，倒是让我在温暖的小屋里，读了不少书。春节时，可以发短信了，三月份，也能上互联网、能发电子邮件了。先是只能上新华网、人民网、搜狐网、新浪网等几十家网站，后来就全都可以上了。在互联网时代，很难说哪里是中心，哪里是边缘。地球本就是圆的，站在哪里不都是中心？再说世界本就是你心中的世界，你站在哪里，哪里就是世界的中心。

亚洲大陆地理中心，离乌鲁木齐市区只有20来公里

在“八楼”有一家餐馆，卖很有名的猪蹄。我和她对坐在餐馆里，彼此对视，眼神中都是笑意。我读研究生的时候，她才出生呢。屋里热，大衣都脱去了，她毛衣的“V”形领开得低，脖子上挂着一块和田玉，羊毛衫下起伏的轮廓，让人迷离。

不坐车，我们从“八楼”往回走，这是乌鲁木齐最繁华的新区。友好商场、美美购物、喜来登酒店……天空中飘着雪，街道上人群熙熙攘攘。我不时搂一下她的肩或腰，她低着头，眯笑眯笑的。

2002年的第一场雪，
比以往时候来得更晚一些，
停靠在八楼的2路汽车，

带走了最后一片飘落的黄叶。
2002 年的第一场雪，
是留在乌鲁木齐难舍的情结。

这是 2010 年春天乌鲁木齐的雪。

后记：以身相许历史河山

一

近十年来我一直在国内到处漫游，这或许跟自己的个性有关。其实这也是人的天性，谁不喜欢在大地上漫游呢？

在大地上漫游得有一点点闲，还得有一点点钱，但我想更重要的是得有果断走出去的勇气。2001年的时候，“滇缅公路”沿线的抗战史正受到人们越来越多的关注，我想到那里实地看一看，说走也就走了。

我从厦门坐飞机到昆明，在双龙桥附近的自行车市场买了自行车，再带上一个打气筒，花了12天，骑着自行车在“滇缅公路”上走了一趟。

我的行程具体是这样的：

第1天　7月14日。晴。由昆明至禄丰，全程104公里。

第2天　7月15日。晴。由禄丰至楚雄，全程80公里。

第3天　7月16日。晴。在楚雄停留休整。

第4天　7月17日。晴。由楚雄至普淜，全程98公里。

第5天　7月18日。晴。由普淜至大理，全程115公里。

第6天　7月19日。晴转阴，有阵雨。由大理至蝴蝶泉再回大理，全程80多公里。

第7天　7月20日。晴。由大理至保山，全程200公里，因自行车故障及受路边恶狗袭扰，仅骑行40多公里，搭汽车160公里。

第8天　7月21日。晴有阵雨。由保山至怒江桥，全程64公里。

第9天　7月22日。晴。由怒江桥至龙陵，全程63公里。

第10天　7月23日。阴雨转晴。由龙陵至潞西，全程31公里。

第11天　7月24日。晴。由潞西至畹町、瑞丽，全程95公里。

第12天　7月25日。晴。缅甸境内一日游。

2002年，花了不到5万块钱，我买了辆北京汽车制造厂生产的“战旗”吉普车，买的时候，我就对车行老板说，我要开着这车去西藏。2003年的夏天，我开着“战旗”吉普出发了。这次行程分作三段。

第一段：厦门—漳州—古田—长汀—瑞金—于都—赣州—遂川—井冈山—炎陵—湘潭—韶山—邵阳—怀化—凤凰—江口—梵净山—湄潭—遵义—贵阳—安顺—黄果树—晴隆—富源—昆明。

第二段：昆明—楚雄—大理—保山—腾冲—瑞丽—潞西—大理—丽江—泸沽湖—香格里拉。

第三段：香格里拉—德钦—盐井—芒康—左贡—帮达—八宿—然乌—波密—通麦—林芝—工布江达—墨竹工卡—拉萨—当雄—纳木错—那曲—安多—唐古拉山口—沱沱河—五道梁—昆仑山口—格尔木—都兰—青海湖—西宁—兰州—临洮—岷

县—陇南—广元—成都—雅安—石棉—西昌—米易—攀枝花—永仁—武定—昆明。

在路上（由格尔木东行穿过柴达木盆地的公路，笔直地伸向远方，一眼望不到头）

一共走了42天，12000公里，真是一段漫长的旅程。

长征路我主要是分两次走的。2008年8月，驾车从昆明出发，经禄劝皎平渡、会理、米易、德昌、西昌、冕宁、彝海、石棉、安顺场再到泸定桥，因为汶川地震的交通管制，没有走红军长征时走的川西那一段，从泸定转往康定、新都桥、马尼干戈和青海玉树，经青海湖、敦煌到乌鲁木齐，返回途中经嘉峪关、兰州、会宁、静宁、界石铺、隆德，经六盘山转到西安，再从西安过秦岭、汉中，经广元、成都、内江、自贡、宜宾、昭通到昆明。

2009年7月，我从厦门出发，还是开着我的“战旗”吉普，先经过瑞金到于都，然后沿红军走过的道路，经赣州、汝城、宜章、嘉禾、宁远、道县、界首、兴安、龙胜、通道、黎平、锦屏、天柱、凯里、麻江、瓮安、猴场、乌江、遵义、娄山关、茅台、贵阳、安顺、晴隆、富源一路到昆明，再从昆明经宜宾、乐山到成都，经雅安到芦山、宝兴试图翻越夹金山到马尔康，不巧的是，正逢雨季那几天公路被洪水冲断了，只好又回到成都，然后从成都经广元、汉中到西安，再从西安经洛阳、武汉、长沙、萍乡、永新、黄洋界到井冈山，再经赣州、于都、瑞金、龙岩回到厦门。

写在本书中的内容，自然都是围绕着某个主题经过摘取的了，难以充分呈现几次行程中的诸多见闻。2001年骑车走“滇缅公路”时，每天晚上住在旅馆里，几乎都会接到小姐问“要不要按摩”的骚扰电话，甚至在某执法机关开办的宾馆里，还看到过脱衣舞表演。2003年从拉萨往回走，在青海五道梁，一个几乎没有街道的小镇，那里海拔5000多米，大多数人到这里都会有高原反应，恶心头晕，可路两边竟也有名为“美容”、“美发”的红灯区，里面坐着浓妆艳抹的“小姐”。这些，似乎可以成为中国当代社会发展史的微观史料了。

也有不愉快的经历。在安多附近，一个藏族小伙子手里拿着个饭碗大的石头把吉普车逼停下来，说我们的车子开上了新修还不能压的路面，他自称是护路的工人。我们给他说好话，传好烟给他，还说要送他一个牛角做的鼻烟壶，他都不理。后来给了他50块钱，才放我们走。

危险当然也遇到过。接近夹金山山顶时，碰上暴雨，公路边洪水汹涌，一些树木冲倒在一旁，路面上堆着一堆堆从山坡上冲下来的泥土和沙石，一股股水流哗哗地漫过路面，吉普车艰难前行。车里还坐着我女儿和我妹妹的女儿，都才十来岁，她俩兴奋得不得了，嚷嚷着：这就是传说中的过水路面么？这才是真正的越野啊！我和我妹妹紧张得气都透不过来，生怕公路一下子坍塌到滚滚的洪水中去。

后来是路边的道班工人不让我们走了，就住在他们那里。我问能不能给弄点吃的，他们说只剩够一个人吃的饭。我说就来个蛋炒饭吧，先顾小孩子。大概道班工人把我们当作干体力活的大肚汉了，蛋炒饭送上桌来，我们四个人都吃不完。现在想起他们的帮助都让人温暖，那么一大汤盆蛋炒饭，只收了我们十块钱。

二

近十年来的漫游，也不真的就是漫无目的。每次出门远行，我还是有意围绕某个主题进行，出发前也做相关文史地理知识的准备。骑车走“滇缅公路”，即和考察当时的抗战情况联系起来；驾着“战旗”吉普走西藏，一路则注重观察和“仓央嘉措情歌”相关的情况；走长征路时，更是留意长征的现场及相关的历史故事和传说。我带着十来岁的女儿一起走长征路，就是要让她具体真切地感受长征的艰辛，领悟可贵的红军长征精神。一路上，我都给她讲红军长征的故事。

在大地上漫游是个体生命的扩张，把这种漫游的见闻和感受转化为文字，与人分享，就是个体生命更为充分的扩张，在大地上的漫游，也才更有意义。然而怎样书写这些见闻和感受，曾经是一个困扰我的问题。我不喜欢那种到了哪里就在哪里怀古抒情的文学创作式游记，我以为那种游记即便不到原地，看看文史资料也可以写出来；而如果到了实地还是这样依据文史资料怀古抒情，则把最有当下意义的现场给舍弃了。

20世纪初，瑞典探险家斯文·赫定在新疆前后做了近40年的考察，他所撰写的游记，不仅详细描述当地的风物，甚至还记录了某个山口冬天的气温，罗布泊某地测得的水深等。怀古抒情式的游记或许能够“动人”，但那种喟叹之情或许古今也没有太大的差别。倒是斯文·赫定这种看似枯燥的如实记录，时过境迁之后，才保留了更加丰富真切的历史文化信息和地理变迁信息。民国时代的旅行家谢彬先生，1917年曾经到新疆考察税务，风沙中他坐在马车里，有时一天走30里，有时一天走50里，在一年多的时间里，几乎走遍了整个新疆。他后来撰写的《新疆游记》中，从哪里到哪里有多少里，哪里有一条河，哪里有几棵树，哪里有一座庙，哪里有一个村落，汉族多少户、回族多少户、维吾尔族多少户，都有记录。其中还写到，他在新疆过端午节时，那天还下了很大的雪。近百年过去，这些看似枯燥的记录，真切地呈现了当时新疆社会生活的现场，也是考察新疆地理变迁和人口变迁的难得的第一手资料。谢彬的《新疆游记》中还写到，当时新疆，无论北疆还是南疆，随处常能看到关帝庙。由此可见当时汉文化在新疆的传播情况。所谓“大将筹边尚未还，湖湘弟子满天山”，起初到新疆的汉人多为军人，也就不奇怪到处是关帝庙而不是孔庙了。

我更愿意像斯文·赫定和谢彬一样，对一路上的见闻和感受做如实记录，我希望将来人们也能从我枯燥的如实记录中，看到现场的历史地理信息和社会文化信息。

由于出行前做过相关地理文史知识的准备，出行时难免就会感到异样：一是觉得历史文化故事的现场和历史文化传说中的不太一样，每一个到过泸定桥的人，都会觉得桥高数十丈、桥宽上百丈的故事传说，显然是有所夸张；二是历史文化传说在时间的流逝中会不断地变异走样，你看有关仓央嘉措的“风流故事”，在现实中就越传越奇，而“仓央嘉措情歌”，在现实中也越传越多了。

毕竟我自己的工作和专业与文史相关，历史文化故事与历史文化现场的异样，历史文化故事在传说中的走样，总会激起我思考和探究的激情。为什么人们已经知道了“二十四道拐”不在“滇缅公路”上，还依然要把那张“二十四道拐”的黑白照片当作“滇缅公路”的标志性照片？尊为达赖喇嘛、身处权力斗争漩涡中的仓央嘉措，是否真拥有传说中那种肆无忌惮的夜生活？分明是今人的创作，为什么又要伪托为“仓央嘉措情歌”？“飞夺泸定桥”的传奇故事，又具有怎样的精神建构功能？

这种探究是充满乐趣的，甚至使心灵受到震撼，精神得到升华。在遵义，牺牲了的红军卫生员在民众的传说中化为美丽的女性，成为救苦救难的菩萨；在红军走过的大草原，红军的长征和夸父逐日的壮举联系起来，和中华民族的英雄祖先联系起来，红军倒下时手中的拐杖，化作了充满诗意的红军柳。红军长征的故事，体现着中华民族精神，又在塑造着中华民族精神。在长征路上，我具体真切地看到了民间信仰的生成，看到了中华民族英雄史诗的生成。

这些我在这本行走历史文化现场的“行记”中都写到了，我想，这是这本“行记”不同于别人的地方。

三

2009 年 9 月，我选择离开厦门大学到新疆大学工作。

从东南沿海到西北边陲，这似乎是一种“逆向”的流动，又正处于“七五事件”后的敏感时期，好多同事和朋友都不理解。我和他们开玩笑说：主动离开厦门大学中文系的，除了鲁迅就是我。

其实，到新疆工作可以说是我的夙愿。1982 年，我从云南师范大学毕业的时候，就想到新疆来工作，只是云南也是边疆，也缺人，未能如愿。1983 年的夏天，我还自己跑到了吐鲁番，想在那里的一所中学教书，可那时没有我原工作单位的同意，学校不能接收我，我只好又回云南去了。后来我到厦门大学攻读硕士、博士学位，在厦门大学教书，从讲师、副教授到教授，娶妻生子，一晃就是 22 年，自己也年近“知天命”的时候，我想，还是应该到新疆来工作，了却青年时代的这个心愿。

年轻时想到新疆来工作，和从诗歌中所了解到的新疆相关。我是一个诗歌爱好者，上大学时细读过闻捷的《天山牧歌》、周涛等人的“新边塞诗”以及唐代的“边塞诗”，《天山牧歌》中美丽的新疆风光、少数民族的美女和甜蜜的爱情，让我产生许多遐想；“边塞诗”以及“新边塞诗”中的雄奇景观及博大情怀，也深深地打动感召着我。再次想到新疆来工作的时候，我已经不再年轻，我当然知道，诗歌中所塑造的新疆，只是新疆的某一方面，新疆还有更加丰富的历史文化内涵和现实内涵，诗歌中未能展现的这一面，对我同样富于魅力。也许在书斋中翻翻资料，假期到新疆来看看，我也可以了解到诗歌之外的新疆。但我觉得，还是要到新疆来工作和生活，才能更真切地了解新疆，我自己也才能“走出诗歌中的新疆”。

近十年来在大地上漫游，亲临历史文化故事的现场，这似乎也是自然的进展：从大海边的厦门，来到天山下的乌鲁木齐。近十年来行走在孕育了历史文化故事的神奇土地上，也算是以身相许历史河山了吧。

迄今我已经出版过七本书，都没有写过前言或后记。这次写几句，是因为我觉得亲临历史文化故事的现场，实现青年时代的愿望，这其中不仅充满了人生的乐趣，而且也应当成为一种生活方式和人生理想。我愿意把我的感悟说出来和大家分享。

是崔军亚女士关于“私体验游记”的一次谈话触发了我写作本书的冲动，也是她的努力，使得本书能在完稿后很快即得以出版。老友谢泳和方方为本书写了序和夸奖的话，本书因此增色不少，谨此致谢！

高　波

2011 年 3 月 6 日于新疆大学